수건은 젖고 댄서는 마른다

천수호 시집

문학동네시인선 149 천수호

수건은 젖고 댄서는 마른다

시인의 말

한동안 서울과 양평을 오갔다.
아픈 사람들이 서울에서 양평으로 건너가는 것은
칠흑의 한밤중이 아름답기 때문만은 아닐 것이다.
한 몸을 건너가는 병이 구름 사이로 떠다니지 않게
병명이라는 검은 돌들을 별자리처럼 놓아본다.
이 시집이 별들을 가리키는 헛된 손가락이라 할지라도
언니를 아프지 않게 할 수는 없을까.

2020년 11월
천수호

차례

2부 아프지 않아서 자국은 깊었는데

3부 강은 짐이 없고

4부 무덤덤함이 무덤같이

1부

언니는 혼자만 몰랐다

검은 철사 너머

가짜 나무 한 그루가 카페 한가운데 서 있다
가짜 사과를 달고 있다
사과나무 잎은 이렇게 생겼구나,
가짜를 만지작거리며 진짜를 생각한다
이 사과는 왠지 가짜 같애
진짜 같은 나무에서 가짜를 기억한다
가짜를 보면 진짜는 더욱 모호하다

가짜는 진짜를 닮으려 얼마나 애절했을까
진짜는 가짜를 놓으려 얼마나 무심했을까

가짜 햇살에 가짜 바람
가짜 흙에 가짜 물방울

기막히게 진짜 같은 사과나무 한 그루 아래서
뉴턴을 생각하며 만유인력을 생각하며

진짜 플라스틱으로 만든 잎과
진짜 나무로 만든 가지와
진짜 스티로폼으로 만든 흙을 보면서
진짜 이름과 가짜 나무를 기적처럼 묶고 있는
검은 철사 너머로
가짜와 진짜가 범벅된 사람의 손이 설핏 보인다

죽음이라는 철사에도 묶이지 않는 가짜 사과가
진짜 과일처럼 툭 떨어진다

차창의 유리가 내 얼굴에

밤열차의 차창 위에
내 얼굴이 클로즈업된다
차창의 유리가 내 얼굴에 골몰할 동안
옆 좌석의 그의 얼굴은 내 얼굴의 심연이 된다
깊은 곳을 눌러보는 창(窓)의 힘으로
어둠은 차창에 바짝 동공을 들이댄다
반사면 깊숙이 박히는 외눈
열차는 한쪽 눈을 밀어내고
심연의 다른 쪽 눈을 뜨게 한다
그 검은 수면에 떠서
알 수 없는 곳으로 흘러가는 통로 옆 여인에게
나는 바탕 종이처럼 얼굴을 헌사한다
차 안에서의 수면 능력은 몇 겹의 얼굴을 흔들어 깨우는 힘
옆 좌석의 그가
흔들리는 힘으로 졸기 시작한다
조는 얼굴, 잠든 얼굴, 눈 껌뻑이는 얼굴 사이에서
나는 가끔 깨어
여러 겹의 얼굴을 차례대로 벗겨낸다
마스크 팩처럼 단번에 뜯어내는 영혼
검은 숲이 뒤엉킨
깊은 동공의 터널이 무너질 듯 흔들린다
몇 겹의 층위를 오가지만
어딘가에 닿을 창은 도무지 한 곳에 닿지 않고

깨어나지 않는 한 사람의 악몽을 오래 끌고 가는 듯이
열차는 한 번씩 소스라치고

송도

검은 배를 한 짝씩 신고 대양으로 미끄러져나간다
누굴까? 저 큰 발의 임자는!
아버지가 그 옛날 신었다는 검정고무신에
가끔씩 하얀 꽃그림을 그려넣는 언니가 있었다
아버지는 불같이 화를 냈지만
언니의 매화는 천천히 떨어졌다
회색 바다 위에 검정고무신이 흩어진다
어디를 디뎌야 아버지 화가 풀릴까
언니는 검정치마 뒤로 흰 붓을 숨겼다
알 수 없는 무늬가 엉덩짝에 어룽거렸지만
언니는 혼자만 몰랐다
아궁이에 젓가락을 달궈 머리카락에 웨이브를 넣고
분꽃씨 쪼개어 실핏줄 붉은 볼에 비벼댈 때마다
두 눈 부릅뜨던 아버지
검정고무신을 꽃신으로 만들던 언니는
꽃신의 매화가 다 진 줄도 모르고
아버지가 늦게 용서한 줄도 모르고
흰 무명천을 매화 봉오리처럼 휘휘 감고 숨었다
아버지의 고무신 보폭도 줄어들어
겹겹의 꽃잎이 하나씩 떨어져나가듯 천천히 멈췄다
그 꽃잎이 다시 수십 번 새로 피고
바다 얘기는 점점 더 까마득해졌다
기일만 되면 키 큰 아버지는

저 너른 바다 위에 검정고무신을 흩어놓고
이제는 제법 나이들어 처연하게 분꽃씨 빻는
언니를 내려다보고나 있는 듯이
참 나른하게 화창한 날씨를 내다 걸었다

대화의 조건

강물 위에 얼음이 무슨 말을 새기고 있다
물의 말이라기에는 잔뼈가 너무 많다

내가 너의 말을 듣는 방식이었다
그것이 대화에 대한 너의 해석이니까

얼음에 걸려든 지푸라기라든가 잔돌이라든가
이것들이 우리 결빙의 오브제였다
잘 살았다든가 헛살았다든가 이런
디테일 없는 결정체들은 얼음의 수명과는 관련이 없었다

저 수압 속에서 물고기가 살았다거나 죽었다거나 하는 그런 공방도
이미 빙판에서 시작된 것이었다

수십 년 반복된 해빙과 결빙은 수위(水位)와는 별개여서
얼음을 이루는 조건은 따로 있었다

극한기의 얼음은 발이 따뜻한 다족류가 건너가도 족적을 남기지 않았다

얼음판을 가만히 들여다보면 말을 하는 게 아니라
말을 듣는 것같이 보이기도 했다

그것이 내가 네게 말할 때의 영악한 방식이었다

얼음을 녹였다가 얼리는 것만으로도
대화의 오브제는 단순해져갔다

빙판은 실금을 그리다가
색이 살아나는 타투를 남겼다
잔해라는 말을 남길 수 없는 결빙이었다

장미의 주검을 새겼는데
거기서 비석 같은 새가 꿈틀거리며 걸어나왔다

권태

곰삭다, 라는 말에 들어앉아 있는
저 곰 한 마리를 쫓아낼 순 없나
일어서지도 걷지도 않고 웅크린 채
기어가는 건지 걸어가는 건지
알 수 없는 이 족속의 행동에 총구를 겨눈다
총을 모르는 이놈은
한 손으로 슬쩍 밀어낼 뿐 도대체 긴장하지 않는다
발 앞에 떨어진 불발탄을 내려다보며
울지도 놀라지도 않는다
속이 다 삭아서 뼈도 없는,
큰 입만 한 번 벌렸다 닫는 저 곰

그 자리

눈(雪)은 기어서 흙탕물에 닿는다 눈이 녹은 흙 웅덩이를 건너서 해도 기어갔고 달도 넘어갔다 숱한 것들이 기울어져 녹아들어갔지만 새로 걸어나오는 게 없다 활활 타고 식고 또 갈려서 한 줌 재가 된 밤이 마흔아홉 번 지나갔어도 흙탕물은 눈을 게워내지 않고 꾸덕꾸덕 말라만 간다 심장만하던 물웅덩이가 이 들판의 씨앗으로 심어졌다 한 생이 거기 닿았다는 신호처럼 눈 녹은 물속에 싹이 튼다 육신도 영혼도 풀물이 든다 기어코 놓아야 하는 봄이 온다 배밀이하던 한 생의 애도가 목감기만 남기고 떠났다

두 겹이란 것

종이컵 두 개를 포개놓고 따른다

두 겹이라는 것
한 겹을 지나 또 한 겹을 지날 때의 두려움

맥락 없이 무차별한 바늘 끝의 긴장을 따라
침소봉대의 의혹을 따라

뚫었습니다

저 개천도 두 겹이었다는 사실
열리는 물과 닫히는 물
한 겹은 벗고
한 겹은 입는 바늘 끝의 시간

미래를 말하지만
과거를 파내고

두 잔이지만
넉 잔을 통과하고

취기가 흔드는 벚꽃 가지가
허공과 물결에 꽃잎 모양을 뜰 동안

한 겹이 젖고 또 한 겹은 마를 동안

뚫렸습니다

물길을 열고 한 사람이 닫히던 그날의 사건

접시 물에 익사한다는 농 같은 말의 현장에서
수면을 열고 닫는 천변의 불빛들

죽은 것과
죽은 듯 보이는 것의 심폐소생술처럼
두 개의 종이컵을 포개놓고

한 겹을 지나 또 한 겹을 지나

그 방의 유령

그에게서 찢어올 것이라고는 커튼 두 폭뿐
손가락 끝을 찔러 핏물이 올라오게 한 침을 빼고
조심스레 벗겨 와서 내 방에다 걸었다

밤마다 드르륵 거기의 창문이 열린다
밤새도록 파도 소리가 들린다
햇빛을 막았던 주홍빛 커튼 한 폭과
달빛을 받았던 겨잣빛 커튼 한 폭
한 쌍의 커튼을 리본으로 묶어서 갈라놓는다
해와 달이 잠시 멀어진다

묻어온 해도 뚝
숨겨온 달도 뚝
발등에 떨어지는 소리를 매일 숨긴다

커튼을 뺏긴 유령은 무엇으로 낯을 가릴까

파도 소리로 날마다 얇아지는 심장을
이미 멎어 딱딱해진 심방에서 어떻게 초침을 밀어가나

밤마다 커튼을 반반 가르며
거기 두고 온 유령과 여기 끌고 온 몸뚱어리를 생각한다

생각보다 커튼은 낯선 이곳을 잘 견딘다

유령이 어른거리는 밤의 창문 앞에 서서
몸을 파도 모양으로 일그러뜨렸던 그 창문을
두 폭의 커튼으로 맞닫는다

해와 달이 한꺼번에 쫘악 펴진다

외포리 갈매기

두 눈 감고 두 발 모으고
불길로 밀려들어간 적이 있었다
가지런히 발 뻗을 때는
정지 비행을 위해 한잠에서 깨는 시간이라고 해두자
눈 뜨면 천길 낭떠러지
갸웃거리는 뾰족 부리는
그때 그 이야기를 물고 있다고 해두자
하늘을 밥그릇처럼 엎으며
먼 우주를 바다에 쏟아넣기도 하지만
너는 돌아올 기색도 없이 떠났다
그러는 사이 세상은 한 번 획 돌아서
구름을 바꿔 쓴다
네가 돌아오는 길을 잃지 말라고
눈빛으로 하늘 구석구석을 쓸어보지만
기가 막히게도 네가 먼저 거리를 둔다
한 생을 잊기 위해
열린 서랍을 한꺼번에 닫는 눈꺼풀
조금씩 흘리고 있던 먹이를 봉지째 툭 놓쳐버린다
이제 너로부터 듣는 말이 더 길어진다

회귀선

모래 위에 그려진 정교한 꺾은선그래프
파도의 망설임은 침엽수 산 능선처럼 가파르다
저토록 수위 조절이 힘든
어깨가 굽은 사랑의 한 시절이 있었지만
어떤 선의 경계를 넘나드는 시대는 갔다
무릎을 꺾었다가 새로 일어서는 저 파도 소리처럼
그 사랑은 또다른 사랑에게 꽃다발을 바친다
시든 고백이 갈매기 발자국처럼 기억을 짓밟아도
그는 또다른 배경 앞에서 웃는다
자색 웃옷으로 환하던 얼굴이
옥색 재킷으로 더욱 말개져서
그에게 하늘과 바다는 경계가 모호하다
파도가 기억을 살려 그린 그래프는
모래밭 위에만 남아서
꺾이고 들리는 꺾은선도 모래로만 그려져서
그에게 사랑은 사상누각이다
그에게 집은 새로 지어서 다음 파도에게 넘기는 것이다

개꿈

매일 밤 꿈을 꾸지만
꿈속에선 개가 아니어서 꿈 밖으로 끌려나오진 않았다
그렇다고 영원히 꿈속에 살 거라 버팅기지도 않았기에
개의 사생활은 발자국을 찍어봐야 아는 것이었다

눈 덮인 길이거나 모래밭 길이 아니면
내가 개라는 근거도 없지만
내가 짖는 소리에 내가 놀라면서
발소리를 더 빠르게 내는 뜀박질의 나날들

눈과 입이 다르게 웃는 사진이
목끈 매인 개처럼 문 앞에 걸려 있다
사진관의 문지기 사진처럼 누가 들락거리는 것을 막지도 못할
희미한 미소를 짓고 있었다

꿈속에서 왈왈 짖던 몰티즈 한 마리가
꿈 밖에서 사람 걸음을 걷는 놀라운 목격담 같은 것은
소용없는 소문이 되어버렸다
슬퍼서 귀를 막고 천둥처럼 혀를 찼다

개는 소리를 믿고 의심을 향해 짖지만
꿈속의 나는 소리를 의심하면서 더 깊이 침묵하고 싶어

졌다

개가 아닌 몸으로 꿈속을 더듬다가

개로 돌아가는 방법을 잊었다

묵

묵이 좋다
이리저리 찔러도 캄캄한 도토리묵
기포가 터지면서 얼굴을 때리는 그 뜨거운
묵 솥을 휘휘 휘저을 때
당신을 위해 집을 짓겠소
속삭임까지 훅훅 뜨거운 묵이 좋다
어차피 들어가 살지도 못할 집
그래도 피피 내 목소리를 흉내내며 다짐한다
어떤 그릇이라도 내밀어봐요
당신이 원하는 대로 지어줄게요
내 집이 아닌 걸 모를 리 없는 묵은
어떤 선심처럼 억지처럼 검게 바닥부터 타들어간다
휘휘 마음대로 저을 수 없는 앙금들이 눌어붙기 시작할 때
불을 끈다
별빛을 다 담지 못하는 수천 개의 호수들처럼
단편의 기억을 굳히려는 종지 종지들
당신을 위해 이 집을 지었소
말랑말랑한 검은 봉분
젓가락으로 쿡쿡 찌르면서
이미 떠날 것을 예감하면서
묵묵히

사구(砂丘)에서 시작된 이야기

멀리 해변에 진짜 펭귄이 나타났다
두 마리가 뒤뚱거리며 이리저리 모래밭을 헤맨다
길이 뻔히 보이는데 갈피를 못 잡는다
서로 뭘 먹여주는지 마주보고 선다
어미와 딸인가
지어미와 지아비인가
관계를 알 수 없는 먼 거리
이야기를 만들기에 적당한 거리
신화를 꾸미기엔 더없이 환상적인 거리
눈을 감았다가 떴다가
화자가 현실감을 익힌다
새 눈을 뜰 때마다 자세만 달라지는 펭귄
자로 잰 듯이 매일 똑같은 두께의 바다
비슷한 패턴의 파도
이런 화면은 스토리텔링이 필요 없는 것
다시 화면을 되돌려서 본다
멀리 해변에 펭귄 비슷한 것이 뒤뚱거린다
두 마리인지 두 사람인지 알 수 없다
헤매는 건지 노니는 건지도 불분명하다
갈 길이 뻔한 연인이라는 말은 상투적이다
모래언덕은 가까웠다가 멀어지면서
줌렌즈의 초점을 다시 맞춘다
어디쯤에서 종방될지 알 수 없는 드라마가 시작된다

석조원에서 돌사자가 웃고 있다

기도 끝으로 돌아가는 돌덩이가 있다
돌 속에서 꽃봉오리 같은 두 손이 불거져나왔다
합장한 손이라 했다
돌마다 손이 있는 건 아니지만
굳은 듯 흔들리는 촛불같이
돌은 위태로운 손을 숨기고 있다
언제까지 이런 기도나 하고 있을 거니?
돌은 그때쯤 목소리도 낸다
놀란 손은 제 몸 전체를 다시 눈덩이로 뭉칠 듯이
손가락부터 갈퀴를 붙인다
돌에서 심장이 불거지기도 하고
둥근 배에서 발뒤꿈치가 솟아올라오기도 한다
돌의 태교를 흐뭇하게 지켜보며
옆에 서 있던 돌사자가 사람같이 웃고 있다
나만 웃을 줄 모르는 돌

4월의 부사(副詞)

겨울에도 은행나무는 저기 서 있었다
뜨거운 입김이 잎으로 맺히는
부끄럽지 않은 4월이 올 때까지 여전히
순결 정결이라는 첫 잎의 열렬함으로
그 겨울 맨살의 부끄러움을 감추기에는 아직 잎부채가 너무 작다
과연, 가장, 매우라는 부사가 겸손할 수 있는 방법이란 없다
순백, 순수, 순정 이런 말놀이나 하면서 잎의 말을 열거하고 있다
4월이 더 분명해지는 이런 명사들은 신파였으므로
군데군데를 깁는 부사처럼 잎이 난 자리마다 봉합 흔적이 있다
4월의 감탄사는 어디로 발송하려는지
가지 끝 허공 한 자락에 은행잎 우표를 붙였다 뗐다 한다
열렬과 비열을 차례로 헤아리며 이파리 점괘를 짚는 것도
겨울나무에서 봄나무로 건너오는 신파의 방식이다
이 나무의 문장에서 있어도 되고 없어도 될 부사 같은
어린잎들이 그저 흔들리고만 있다 지금도

백우(白雨)

비를 피해 우린 고래 등 위에 서 있었다
그가 항상 고래 등 같은 집을 꿈꾸었기에
고래 등 위에 서는 건 조금도 이상하지 않았다
긴 벤치같이 누운 고래 등
손수건만한 차양으로는 옷이 홀딱 젖는 고래 등
고래 등 같은 집이라는 말은 처음부터 추웠다
한 겹의 뽀얀 스크린으로 호수가 멀어지고 숲이 나뉘었다
나는 고래 등 때문에 갈라지고 싶지 않았기에
자주 발꿈치를 들어 그에게 키를 맞췄다
비가 그치기를 기다릴 동안 옛 시간을 퍼즐처럼 쪼갰지만
서로가 붙잡고 있는 조각은 달랐다
목소리가 그의 등을 쿵쿵 울리며 내 쇄골을 흔들 때까지
호수 건너편은 흐려 있었고 수면은 더욱 뿌예졌다
바람이 호수를 마분지처럼 휘었다가
물결로 구겨서 풀어낼 때
고래 등에도 마루 같은 골이 패였다
우리는 한곳을 바라보고 있었지만
따뜻한 방을 생각하는 방식은 서로 달랐다
서로의 등이 휘어지는 고래 위에서
퉁퉁 불어가는 벤치의 나뭇결이
고래 울음으로 우는 소리만 듣고 있었다

얼룩말

죽은 아들의 팬티를 입고 사는 여자가 있다 일 년이 지나도록 한 번도 갈아입지 않은 아들의 냄새는 팬티의 줄무늬로 선명해진다 피칠갑 몸뚱어리에서 지문보다 먼저 아들을 알아보게 한 얼룩무늬, 쏟아낸 피가 꾸덕꾸덕 말라 칠갑된 팬티에 여자는 아들 대신 두 다리를 끼워넣고 종일 어린 말을 어르고 있다 아들의 몸피를 더듬어보듯 짧고 뻣뻣한 기억의 갈기를 쓰다듬어보는 얼룩말, 악취가 아들을 더 오래 붙들고 있기라고 하듯이 벗지도 빨지도 않고 매일 덧입고 있다 저 얼룩진 줄무늬 팬티, 움직일 때마다 풀썩풀썩 피고름 악취를 풍긴다 풀숲에 숨은 얼룩말처럼 어룽거리기만 하는 아들의 모습에서 아직은 발을 뺄 수 없는 저 무늬, 커다랗고 얼룩덜룩한 덩어리

2부

아프지 않아서 자국은 깊었는데

눕듯이 서듯이 자작자작

봄 자작나무가 하늘로 하늘로
어린 청개구리 잎들을 토해낼 때
철없는 청개구리들이 우주 밖으로 뛰어내릴까봐
신들이 저 나뭇가지를 선물로 내려준 것처럼
다투고 있던 당신과 나도 자작나무 골짜기에 멈춰 섰다
한 실랑이가 다른 실랑이에 기대어 사르락거릴 때
당신은 하얀 자작 길에 취해 앞서 걸어가기 시작한다
모서리를 숨겨온 잎들이
당신 앞의 산을 둥글게 만들어
산의 광기와 골짜기의 맹렬을 다 덮었다고 생각할 때
애초에 모두 길이었던 자작과 자작 사이
자주 멈추는 발자국 소리처럼 당신의 그림자가 자주 턱턱 걸린다
먼 발아래 꽈리처럼 부푼 비닐하우스가 없었다면
저 밭뙈기의 냉증을 이해하지 못했을 터
앞서가는 당신 뒷등이 바람에 불룩 부풀어서
당신의 냉증은 그대로 내 몸속의 꽈리가 된다
냉증의 땅이 꽈리를 불어서
누워 있는 장작과 장작 사이
서 있는 자작과 자작 사이에
눕듯이 서듯이 푸른 한 잎 또 터져올라온다
서로 다른 말을 삼켜서 목이 희어지는 병으로
아직도 자작자작 속을 태우는 중이다

새우의 방

불빛이 환한 좁은 화면
누군가 맨홀을 걷어차며 던진 돌들이 방바닥이 되었다
방 한 칸의 돌들이 다 닳도록
걷는 다리는 접고 헤엄다리로 오르내린다
오른쪽 더듬이만 까딱이는
도대체 식사시간을 알 수 없는 주섬주섬의 식습관
유목생활의 냉장고 속을 추리다보면
운좋은 날엔 고기 한 조각도 씹을 수 있다
방향을 알 수 없는 물소리를 타고 올라가
허공을 기웃거려도 보지만
불빛은 가짜였고 폭죽은 더 어두운 땅으로 떨어졌다
여기에는 우주가 없다
잔발을 멈출 수 없어 발의 개수는 무수해졌고
발을 쓸 수 있는 방은 더 좁아졌다
안전한 뜰채를 든 인맥은 처음부터 없었다
알고 지낸 사람들은 눈동자로만 요약되어 창을 가득 메우고
뒷주머니까지 뒤집어 보여준 훤한 일상들
이미 등은 가파르게 휘어
새우의 발놀림을 멈추게 하는 게임은 없다
혼자만의 시간은
중독성 있는 물소리로 흘러
뚜껑이 열리면 더 깊은 어둠으로 튀어오를 수도 있겠다

겨우라는 여우

이 도시에는 여우가 멸종되었다고 믿는 사람이 대부분입니다
슬쩍슬쩍 바닥을 쓰는 긴 꼬리 끝이
전철역 의자 사이를 빠져나가는 게 보이기도 하지만
서로 모르는 척합니다
플라스틱 의자에 쭈그려 앉았다 놀라서 움찔하는 순간이
누군가 꼬리를 숨기는 바로 그때입니다
그날도 여우를 만난 날이었습니다
플라스틱 의자인지 사람인지 알 수 없도록
황망한 부고를 받은 사람인지도 알 수 없도록
나는 무심한 사람들 사이에 앉아 있었습니다
사람들이 여우 털처럼 잘 빗기며 흘러갔습니다
어떤 소리도 표정도 없었으므로
나는 플라스틱 의자인 게 분명했고
여우는 내 몸을 쓰다듬으며 빠져나갔습니다
바로 그 순간이었습니다
거미 한 마리가 여우의 뒷발에 밟혀 필사적으로
다리 한쪽을 허공으로 내두르고 있었습니다
인파에 슬쩍 덮여버리는 이런 죽음은
겨우, 라는 라벨이 붙기 마련입니다
한 마리의 주검이 신발 밑창에 묻혀 따라갑니다
겨우, 라는 꼬리를 휘감고 떠나버리는 이런 가해는
아무도 아는 척 않는 게 긴 꼬리를 가진 여우들의 윤리입

니다
윤리의식을 책으로 배웠던 나는
황망한 부고의 슬픔으로 급히 돌아옵니다

두 글자의 이름은 잠망경처럼

처음부터 그건 마치 그녀의 몸이었기라도 한 것처럼
눈도 있고 손도 있고 다리도 있는 죽은 친구의 이름자

단지 이름 두 글자를 손가락으로 쓴 것뿐인데
버스 차창은 하늘이 크게 읽고 있는 소환장이 된다

그녀의 몸은
집게손가락 굵기만한 문자로 완전 탈바꿈해서
뿌예진 버스 차창에서 기어다니다가
잠깐 멈춰 서서 내게 묻는다
받침이 있니? 내 몸에?
두 글자의 이름은 중앙분리대에 긁혀도
받침을 잃지 않고 다시 선다
의심이 맞설 때마다 우리는 각자의 받침을 세워놓고
치정과 정치에 대해서 논했던가?

그러나 지금만큼은 너는 내 필체를 닮는다

빨간 십자가는 이름 끝에 닿을 듯 말 듯
이곳의 세계를 용납하지 못하고

눈을 갖다대면
두 글자의 이름은 잠망경처럼 그 방의 높이까지 내다보

게 한다

그녀가 이 세계의 말을 완전히 닫던 그때부터였던가

내가 부르던 그 이름만 튕겨져나오던 그날부터 종종
간곡한 소환장처럼
검지 끝으로 꾹꾹 눌러 그 이름을 쓴다

버스 차창은 사각지대를 더 깊은 어둠으로 밀어붙이며
진영이라는 이름만 그렁그렁 달고 있다

해빙
—에스키모인의 화법으로

설산에서 한 여자와 다퉜다
나는 새의 말을 하고 여자는 눈(雪)의 말을 했다
지저귀는 일이 내 일상이었으므로 여자의 설산에서
부리를 다물 수는 없었다
계속 딱 딱 소리가 나는 내 부리를 희디흰 눈으로 막았으나
부리는 눈을 뚫고 또 튀어나왔다
여자는 그건 노래도 못 되는 변명이라 했고
나는 부리를 가져서 억울하다 했다
내 목소리는 원래 목의 것이라 우겨도
여자는 부리의 농간이라고 했다
목도 부리도 뽑아 던져버리면
나도 흰 눈을 토할 수도 있겠다고 생각했지만
오래전부터 내 것인 부리로
눈을 토하는 것은 포기했다
그 여자의 눈빛은 여든 가지로 표현되었다
에스키모의 말은 원래 그렇다고 했다
내가 그 여자를 하얗다고 말하는 것에도
여든 가지의 다른 말들이 쩩쩩이며 일어났다
나는 몇 가지의 형용사만 발음했지만
여자는 에스키모인의 화법으로 눈을 읽었다
눈이 눈의 말로 빛나는 동안 나는
온난화라는 따뜻한 말로 새의 말을 숨기진 못했다

화해가 힘든 뜨거운 부리였다

담석증이라는 투석형(投石刑)

돌 맞을 짓을 얼마나 했을까 맞지 않으려고 도망친 것은 또,

또, 그러지 않으려고 뱃속에 생긴 돌, 실하지도 않으면서 꽉 찬 검은 돌들,
아픈 걸 알고 맞았던 돌들이, 모두 쓸개에 쌓였다

화면 영상에
절개된 쓸개만한 구덩이가 보인다
아프간 여성의 목까지 차오른 구덩이
도망하였지만 컴컴한 구덩이
검은 천을 휘감고
과녁이 되어 꽂힌 협소한 구덩이를
팔매꾼들이 빙 둘러쳤다
쳤다, 또 쳤다, 자루에서
핏물이 터져나온다 비명은 자막을 덮는다

잃어버린 통증이 콩주머니처럼 복부에서 텅,

텅, 공포탄 소리를 낼 때 비명을 피하려고 꼭 쥐었던 주먹이 쓸개만해져서
쓸개가 다시 주먹만해져서 이 거리에서 참수된다 돌이 빠진 쓸개, 쓸개 빠진 팔매질

이 시(詩)엔 돌이 없다 쓸개도 없다

이불 무덤

우리집 이불 속 역사는 약사(略史)로만 전해진다
저 속에서 얼마나 자주 아이를 잉태했는지도
저걸 덮고 큰언니가 죽어나간 일도
어디에도 기록은 없다
간단한 엄마의 말로 요약되어
가끔 끙, 하는 신음에만 묻어나올 뿐
완전한 진실은 다 묻혔다
어린 내 발등에 차인 아버지 밥그릇이 두어 번 발라당 넘어졌어도
아버지는 묵묵히 머리카락을 떼고 밥그릇을 다 비우셨고
스테인리스 밥그릇의 절절 끓는 온기가 내 발끝을 자주 녹였다는 것도
묵인된 역사였다
누구 발등인지 모를 매끈한 살결에
은근히 발을 잇대기도 했고
그 촉감만큼 매끄러운 눈물도 이불 속에서는 잘 묻혔다
부화된 아이들은 무럭무럭 그 이불 속에서 자랐고
이불 속으로 도저히 두 발을 숨길 수 없을 때는
하나씩 집을 떠나갔다
하얀 목화솜이 따글따글 씨앗처럼 여물었어도
이불은 아직 색동무늬 밑에 그 뼈다귀들을 묻어놓고
때로는 살을 붙이고 또 때로는 뼈를 깎고

다시 칼을 찾아서

검(劍)을 찾아갔다 목을 쭈욱 빼고 방만(放漫)을 내밀었다가, 조팝나무 꽃가지 끝에 눈이 찔린 날이었다 가지 끝에는 꽃이 조롱거렸다 저 꽃가지를 내리치리라

칼을 부리는 전쟁은 오래전에 끝이 났다 그래도 여전히 칼은 만들어진다 백제 무녕왕의 환두대도를 재현한다는 검 제작소의 검장인(劍匠人)은 칼을 찾아온 방만을 환대한다 전통 도검을 부활했다는 수십 가지 연장들이 황토 벽면에 장식처럼 걸려 있다 풀림질 불림질 담금질 뜨임질의 열처리를 견디는 제작 과정은 비장한 칼날을 남긴다 식은 재 밑에서 칼날은 굳어가고 창밖 조팝꽃 가지는 여전히 칼끝을 겨누고,

검이 완성되었다 금장식으로 번뜩이는 왕의 검을 쇠가죽으로 닦는다 호령의 칼날을 기다렸으나 벤 흔적 없이 꽃 이야기만 잘려나갔다 조팝꽃 대신 또 방만의 새 왕이 걸어나간다

설상가상

눈 위에 유기견 발자국이 찍혀 있다

냉랭한 밥상 위에 손톱 찍어누른 듯이
발톱을 쿡쿡 박으며 달린 흔적

밥 없는 밥상보를 걷어치우듯
혼자 나뒹굴었던 자리 위로
이장(里長)의 스피커 목소리만 떠돌다가 사라진다

발바닥을 누덕누덕 찍어먹으며
가도 가도 얼음밥상

한때는 푸른 초원이었던 설상(雪上)에서
어디까지 가야 새 밥상을 받나

허기진 개 발자국보다 개가 더 앞질러가고 있다

고개를 끄덕이며 달려가는 개의 온몸을 후려치며

전속력을 다해 눈이 내린다

양이 된 케이크

양 모양 케이크를 안고 역사(驛舍) 앞에서 서성거린다

떠나는 사람인지 이미 떠난 사람인지
서로 알지 못한 채 북적이는 역사

양이 망가지지 않도록 케이크 상자를 바로 세운다

내 생일이야, 라고 하면
네 곁에서 다시 태어날 수 있을까

케이크에 얹힌 마시멜로 양털을 들여다본다

울음소리를 기다리고 있었지만
아무 기척도 없이 양털은 아직 안전하다

잘 가둬진 양은 상자의 평형감각에 온몸을 의지하고
달콤한 초콜릿 뿔을 간신히 붙이고 서 있다

역사 안에서 안내 방송이 흘러나온다
목소리는 어느덧 기계가 되어 피가 흐르지 않는 말들
양의 목에도 검붉은 초콜릿 리본이 묶여서
음—메 음—메 피가 흐르는 비명은 봉쇄당한다

한 무리의 인파가 발을 빠르게 떼면서 쏟아져나오는데
양은 안간힘으로 발바닥을 버티고 있다

양을 울릴 것인지 내가 울 것인지 다시 평형감각을 잃는다

케이크가 쏠리면서 양의 꼬리가 납작하게 눌린다

아프지 않아서 자국은 깊었는데
이제야 순한 양으로 탄생하는 통증이 온다

중독자(中毒者)

그는 술상을 책상으로 바꾸는 재주가 있다
이만하면 되겠지?
그는 술상에다 내 앉은키를 맞춰보았다
나는 연신 고개를 끄덕였다
나무 빗장처럼 몸이 쉽게 들락날락했다
이만하면 몸에 잘 맞겠지?
잔뜩 신이 났다
연장이 다 있으니
술상을 책상으로 고치는 것쯤은 문제가 아니야
나는 또 고개를 끄덕였다
그는 격자무늬를 넣고 말간 유리까지 얹겠다고 했고
나는 앉은뱅이라도 좋으니 들어앉기만 하면 좋겠다고 했다
열흘이면 될까 한 달이면 될까
가늠하는 날은 그리 멀지 않았으므로
아직은 배를 깔고 엎드려 책을 읽어도 좋았다
한 계절이면 될까 일 년이면 될까
연장을 써본 적 없어서
한 날 한 날의 대패에 밀리는 날이 길어졌다
유리와 격자무늬 사이엔 하얀 창호지를 깔고
천일홍 붉은 꽃잎도 끼워넣어야지
책을 읽다 심드렁해지면 시도 한 편 써봐야지
빈 혀의 맹세를 깨물고 침 흘리며 잠든 날이 많아졌다
술과 책은 편백나무 상 위에서 오래 삐걱거렸다

입술만 둥둥 뜬 술책은 다시 말을 바꾸기 시작했다
그는 책으로 술을 빚는 재주가 있었다

이제 지겹다고 안 할게

1.
당신이 사랑이라는 말을 처음 시작할 때
발에 걸리는 줄넘기 같은 저 산은
파도를 밑변으로 받치고 있었다

당신이 손을 뻗어 저 산의 뒤쪽을 얘기할 때 나는
몸속 파도가 퍼붓던 애초의 격정과
나지막한 봉분의 속삭임을 뒤섞고 있었다

당신은 그렇게 왔고 또 그렇게 떠났다

오고 또 갔다고 했지만 그곳이란 원래 없는 것
파도가 풀어내는 바다

당신이 다시 온다면
했던 말 또 하고 했던 말 또 해도 이제 지겹다고 안 할게
그 말이 그 말 같지만 자세히 들어보면 다 다르다고 생각할게
갈매기가 한쪽 발을 적실 때와
통통배가 빠르게 지나갈 때의 파도가 다르듯이

2.

떠난 지 오 개월이 지난 지금도
누군가는 당신 조의금을 보내온다
당신이 저 바닷물에 녹아드는 데 오 개월이 걸린다고 했던 말을
증명이라도 하듯이

어떻게 그렇게 천천히 걸어들어갈 수 있는 건지

바닷물이 소금이 되는 데 한나절이면 된다는 내 말에
당신은 또 저 건너편 기슭으로 달아난다
다시는 안 돌아올 기세로 가쁘게 숨을 몰아쉰다

파도의 겹겹 또는 첩첩
그 깊은 물결 속으로 당신이 뒤돌아보지 않고 걸어들어가는 것을

마지막 호흡과 맥박과 혈압을
곤두박질치는 수치로만 지켜보았던 그때처럼

터지는 파도, 삼키는 파도, 뒹구는 파도, 놀라는 파도 사이로
또 한번 지는 굵고도 붉은 당신

선화여인숙

좁디좁은 방에
모처럼 더벅머리를 짧게 깎은
막노동꾼 서동(薯童) 군(君)이 드러누워
철대문 삐걱거리는 소리에 귀 기울인다
구릿빛 물탱크엔 눈금을 알 수 없는 물이
호스를 타고 내려오는 소리
작은 네온등은 어느새 대문을 훌쩍 올라탔다
고동색 철대문이 거북 등딱지 무늬를 일으키고
바람은 호랑가시나무를 한 바퀴 돌았다
은밀한 서동 설화를 지켜준
검은 개의 혓바닥은 늘어져서 노을에 뒤섞이고
여인숙 철문은 여전히 삐거덕거렸다
잠깐의 기행이 한 통의 편지를 쓸 동안
소도시 밀양은 아직 선화를 기다린다
어떤 신력으로
하룻밤 사이 겹겹산을 넘어 황금을 옮길 수 있는
선화는 언제 오려나
수많은 그녀들이 마동이와 다녀간 흔적은
이부자리에 녹물로 번지는데
선화가 오기는 오려는가

증세와 진단 사이의 참새방앗간

스카이워크라는 이름표를 달고
운동기구 하나가 빠르게 흔들리고 있다

저절로 움직이는 것 같지만
병명을 알 수 없는 병의 통증처럼
누군가가 찾아온 흔적

스카이워크라는 기구가 증세에 흔들리고 있다

때로는 병명이 증상을 떠밀기도 하여
방금 떠난 발의 이름을 묻어두기로 한다

기구를 넘겨짚던 햇살은 그늘을 이리저리 옮기며
모래 비스킷을 바싹하게 굽는다
시한부의 바람 한 줄기가
한낮의 체육공원을 휘돌아가고

모래 비스킷에 몰려든 참새 서너 마리는
기구 밑으로 깊숙이 들어가
병명을 휘두르는
부리를 박고 또 박고,

비문증(飛蚊症)

꿈과 현실
나는 헷갈렸지만
모기는 피도 없이 들락거렸다
코를 골고 있는 너를 내려다보면
꿈 밖으로 터져나오는 현실의 비애 따위는
꿈에 긁는 한쪽 뺨이었다
웃는 너는 종종 꿈속에서만 만났고
한 방울의 피는 현실에서 빠져나갔다
잠 속에서 뺨을 치며 너는 모기를 쫓고 있지만
현실에선 도무지 터지지 않았다
꿈 밖에는 좇는 눈이 많아서
꿈속에서 손을 쓰는 건 속수무책이다
가끔 네 손을 대신해서
너의 뺨을 한 번씩 긁어주지만
눈을 뜨지 않는 너보다
나는 더 깜깜해져서
물어뜯은 이빨을 찾지 못했다
나를 더듬어 찾던 네 손이
경계를 허문 내 옆구리에 잠시 닿았다 간다
네가 거두어 간 것은
빈손이었지만
너는 자꾸 앓듯이 피를 닦았다

불면증(不眠症)

열쇠 구멍을 오래 비틀었다
문은 열리지 않고 열쇠만 휘어졌다
네가 슬그머니 걸어들어오는 것을 모르는 채
잘못 닫아버린 안방 문
흔들어도 비틀어도 뭉툭한 열쇠였다
네가 다가와 가만히 내 어깨에 손을 얹었다
그렇게 온건히 열리는 세상을 본 적 없어서
더 세게 눈을 감았다
극약 처방이라는 말이 열쇠 소리를 쩔거덕거렸지만
너는 마침내 새파란 칼끝을 내보였다
겁먹은 내 얼굴 위로 네 그림자가 포개지면서
칼끝이 문틈을 찔렀다
내가 오래 흔들던 손잡이를 너는 가볍게 비틀었고
어둠을 와락 넓히며 너는
나의 큰 키를 방안으로 밀어넣었다
좁고도 넓고 어둡고도 환한 방이었다

3부

강은 짐이 없고

창밖의 일들

그때 그와 소꿉놀이처럼 간소한 밥상을 차려놓고
개망초 키가 하늘을 가린 마당을 내다보며 늦은 아침을 먹을 때도
매미 소리는 쌓이고 녹고 쌓이고 녹으며 흰 눈처럼 행세했다
그와 보낸 첫 밤도 흰 눈이 사선으로 내려 고르게 쌓이던 밤이어서
쌓이고 녹는 것은 숨 고르는 일처럼 게으르게 알게 되는 창밖의 일이었다
그와 내가 함께 쌓은 그 무엇들이 소리도 없이 무너졌다는 것은
찬 겨울을 다 지나야 알 수 있었다
그이의 소꿉놀이가 심심해졌다는 소식은
냄새가 없는 한 줄의 짧은 언어놀이로 전달되었다
이상하게도 밖은 맑았고 쌓이다가 녹은 것은
깊은 밤의 방바닥에서 끈적하게 만져졌다
피 냄새인지 살 냄새인지 타는 냄새인지 식는 냄새인지 모를 간밤을 보내고
오늘 아침 첫 매미 소리가 새로 시작하는 작업이 있다
매미 소리는 대패에 깎인 톱밥처럼 더러는 꼬부라지고
더러는 바스러져서 어디로 떨어질지도 모르는 채 쌓이고 있다
그의 새로운 소꿉놀이도 지루해졌을 만큼 시간이 흘러갔

지만

아직도 나는 간소한 밥상을 차리고 창밖엔 더러 그때의 흰 눈발이 들이치고

등뒤에서 가만히 눈발의 속도로 노래하는 매미를 느껴보는 것이었다

형용사를 쓰는 여자

갓 태어난 아기가 수식 없는 동작으로 눈을 뜬다
동사가 필요하다

떴어 웃었어

주변의 고요만큼 침착한 언어

엄마가 가진 형용사는 아직 만삭이다

예쁘다 귀엽다 착하다

주먹을 쥐고 흔들거나 입술을 오물거리는 것에 대해
극진한 형용사가 동사보다 활발하다

엄마의 입 모양은 아기의 배냇짓에 이끌려들어가고
아기 손가락 열 개를 차례로 펼쳐보는 손끝은
흔히 썼던 부사의 촉감이다

온갖 오독과 방정에 대해
엄마의 입이 알집처럼 오므려졌다가 터지는 순간

살구 알처럼 호들갑스럽게 흩어지는 형용사의 세계

대한(大寒)

안녕이라는 말은 없었다
다시 꽃이 필 때를
기다리지 못한다고 했다
흙먼지 속으로 씨앗을 숨겼던
땅도 얼어붙었다
누렁 강아지를 분양받아 처음 안고 오는 밤처럼
붙잡아둘 집도 없고
밥그릇도 없고 목끈도 없다
강아지가 품을 뛰쳐나간대도 할말이 없다
꽃씨를 받던 늦가을도
누렁 강아지 털빛으로 희미해졌다
앓은 기억을 잃은 감기처럼
내게 미열이 있어!
가끔 놓치는 당신의 이런 말들
누렁이보다 먼저 동사(凍死)한 이런 말들은
혼자 내버려둬도 싹트는 봄처럼
시끄럽게 짖게 했다
좁은 발을 실은 눈 발자국도
마주 짖는 무늬로 엉겨붙어서
새 꽃이 필 날은 도무지 오지 않았다

설탕이 녹는 외식

빵집 구석 테이블에서 세 식구가 빵을 먹는다

네 살과 다섯 살 남짓의 아들딸을 앉혀놓고
아빠는 동화책을 읽어준다

아이는 포크 끝에 맺힌 도넛을 오물거리지만
눈과 귀는 온통 아빠에게 집중한다
작은 아이는 자주 컹컹, 개 짖는 기침 소리를 낸다

짙어진 쇠기침을 넘어
후렴구처럼
아빠 좋아, 아빠가 좋아
기계적인 깔깔 웃음

"고슴도치야 뭐하고 있니?"
아빠의 음성은
여자도 남자도 아닌 해님 목소리를 흉내낸다

뚝뚝 끊기며 들려오는 아빠의 목소리
"세상에 해는 하나만 있어야 한단다."
이런 결말은 어떤 경로를 거쳐 온 걸까

두 개의 해가 마주보며 쨍그랑,

뜨겁게 서로 다투기라도 한 듯 아이들은 소스라친다

다짐처럼 아빠는 되묻고
아이들은 아빠의 기쁨을 두 입술 끝에 쫑긋 모은다
“이 세상에 해가 둘 있으면 너무 뜨거우니까요.”
이 가정의 이력처럼 뜨겁다가 식는 대답

딸아이의 도넛에 묻은 설탕가루는
입술 사이에서 반짝 녹기도 하고
빵에서 입가로 옮겨지기도 하고

창과 창 사이의 힐끗

먼지 덩어리가
사슴 모양으로 엉켜 있는 유리창 너머
마른 잎 몇 개가 뭉쳐져 사슴처럼
겨울 가지 위에서 팔랑거린다
사슴이 사슴을 부른다

목소리가 나오지 않는 기막힌 우연이
두 마리 사슴의 심장으로 뛴다
나뭇잎사슴은 무엇에 쫓기는지
걸었다가 뛰었다가
아무리 화급해도 허공인 그 자리에서
때론 새 같고 때론 비닐봉지 같은
갓 터진 이야기의 목만 조였다 늦췄다 한다

창틀에 똥을 찍 던지고 가는 비둘기가
한 곳을 노려보는 눈빛으로 창 안을 힐끗 들여다본다
유리 위를 흘러내리는 어룽무늬처럼
링거 수액이 천상 이야기를 타고 내려오고
죽음의 잔뼈를 더듬는 중환자들의 얼굴은
먼지 덩어리에 덮인다

흙물이 흙무덤처럼 흘러내려서
안과 밖이 뒤섞인 찰진 무덤

창과 창 사이 이쪽과 저쪽은 서로 힐끗
한 장의 햇살만 이쪽저쪽 구분도 없이 푸욱 찔려 있다

입양 기억

목구멍으로 멍을 끌어올리다가
울음이 터져나왔다
이렇게 붉은 멍게가 내 목구멍을 틀어막고 있었다니

달콤한 울음이 있기라도 한 것처럼
울 때마다 사탕을 흔들며 달랬다

너무 달아서 썩은 모정(母情)처럼
사탕을 먹고 우는 울음에는 피멍이 있어서
몸뚱어리에 유난히 붉은 점이 많다

사탕으로 녹일 수 없던 그 간곡한 점들은
태생의 선분으로 이어지지 않았다

천륜이라는 선을 이어보지만 지름이 너무 넓은 헛집들

거리의 마로니에 큰 잎들이 집처럼 오래 덮였다

멍보다 더 시퍼런 집 한 채가 목구멍 안으로 꽉 들어찼다

병뚜껑

사방에 병(病)이 있다 알록달록한 뚜껑들. 파랑뚜껑 빨강뚜껑 주황뚜껑 어느 병이 잡히나? 나무젓가락을 퉁겨 맥주병을 따던 여릿한 손목의 그녀처럼 통쾌하게, 내장이 줄줄 흐르는 꽃게 등딱지 따듯 조심스럽게, 병의 맛은 풍부하고 목이 탄다 꽉 찬 듯 모자란 용량의 말이 출렁이는 병들

언니가 갓 딴 병 앞에 앉아 있다 탄산 안개에 휘감긴 병, 언니는 병 주둥이가 안 보여 웃고 나는 병의 눈알이 안 보여 운다 운명은 병 하나 앞에 놓고 입과 눈을 멋대로 놀리는 것! 귀가 얇아진 이쪽 끝에서 코가 무뎌진 저쪽 끝, 숱한 병들이 손목 앞에서 깝죽거린다

아침이라는 영정사진

푸르스름한 수염으로 그가 왔다
이 땅의 청년으로는 다시 오지 않을 듯이
사진 속에서만 햇빛 웃음이다
웃는 얼굴에 침 뱉지 못한다는 세상에서 살아왔지만
간혹 가래침을 맞는 영상이 뜨기도 했다
멱살 잡히는 장면은 뉴스감이 되지도 못했다
암청색 바탕화면에 검은 형상들이 서서히 드러나기 시작한다
아침은 그런 것이다
주검으로 정지되었던 사물들이 창을 내고 빛을 반짝이기 시작한다
이런 영상은 매일 볼 수도 있지만
이미 죽어가는 오늘 아침은
내일 그를 볼 수 없는 것처럼 단단한 사각 틀 안에 있다
가만히 들어보면
화면 밖에서는 목련이 핀다는 봄의 말이 들리기도 하지만
발인의 국화 향기가 줄을 서는 아침이다
꽃잎은 빳빳하지만 이 흰 꽃들에게 정규직이라는 꽃말은 없다
웃음이 정지된 사진으로는 싸한 아침 냉기를 데우지도 못한다
어두운 갱의 일터로 수그리고 들어갔던 청년의 어젯밤은
이제 기록이 되었고

어제의 아침은 오늘 아침보다 하루 먼저 죽었다

둑

달맞이꽃과 칡넝쿨이 둑길 경사면을 붙들고 있다
바람이 불 때마다 칡넝쿨이 그 너머의 달맞이꽃에게 귀를 기울인다

서풍이 몰고 오는 목소리가 있다

두 분의 대화를 아내인 나는 어떻게 인식해야 합니까

말소리만 걸리는 제방을 두 사람이 걸어간다

둑길이 물길만 막는 게 아니었다
수문은 녹이 슬고 콘크리트 바닥은 갈라져 있다

손가락을 뻗어 틈새에 자란 잡풀을 가리킨다
저기 꽃이 필 줄 누가 알았겠습니까

한소끔 바람이 지나간다
흙바닥이 보이지 않는데 씨앗을 어디다 뱉었을까요

스위치처럼 붙어 있던 칡넝쿨이 떨어져
제자리를 찾지 못하고 한동안 건들거린다

서로 엉키지는 말아요!

달맞이꽃 초록 귓불에 입김을 불어넣으며 속삭인다

저기 누가 온다, 온다, 온다
뭉쳐서 버린 휴지처럼 도무지 피지 않을 듯한 꽃잎이
몸을 비틀어 꽃을 연다

관계에 관한 짧은 검색

나막신만한 배들이 정박해 있는
낙동강 하구언 작은 나루에
짧은 철로 두 개가 강물 속으로 빨려들어가고 있다
잿빛 물은 깊고 철로는 해맑은데
나는 멀리 가야 할 사람

철로 끝에 가만가만 발끝도 대어보고
손끝으로 밀어봐도
쓰임이라는 건 도저히 잡히지 않고
투신하는 벚꽃 잎만 낭자하게 날리는 사월

물결이 깨웠다 재웠다 하는 강물 위
물과 철로의 관계는 검색되지 않지만
배와 철로는 금방 닿을 수 있다

배를 미는 철로, 배를 맞는 철로, 배를 들어올리는 철로
가볍게 검색대를 통과하는 사람처럼
배를 한 번 들어올렸다가 내리는 관계

쓰임을 모르는 철로가 곤두박질친
바닷물의 합수 지역
강은 짐이 없고
바다는 챙이 큰 구름을 짐처럼 이고 있고

저 배와 관계없는 나는
구름보다 멀리 갈 사람

오륙도

너만 알고 있어라

사십 년 동안 밀어낸 말이
저기 눈앞에 모래로 남아 있다

넌 내 아들이 아니란다

오륙도가 풍랑에 잠긴다

울음소리를 덮으려고
파도가 모래밭을 때린다

넌 태생(胎生)이 아니라 난생(卵生)이었어
듣지 않으면 좋을 대답을 왜 들으려는지
그리하여 희망은 맹목적인 것이 된다

축축해진 모래가 마른 모래 쪽으로 송곳니 뾰족한 아가리를 벌린다

청동 악기를 들고 다니는 습관은
저 큰 울음을 껴안으려는 것

다섯 자식인지 여섯이었는지

눈빛의 깊이로는 알 수 없다

숱한 내전(內戰)으로 모래밭은 좁아졌지만
늙은 해운대에서 바라보면
차마 숨길 수 없는 출생의 비밀이 있다
그것을 알고 난 저 섬은
누구의 형제도 될 수 없다

다만 하늘을 뒤덮는 잿빛 날개의 붕새 한 마리가
다섯 개인지 여섯 개인지 알 수도 없게
재빠르게 숭덩숭덩
검은 알을 빠뜨리고 가는 것을 바라볼 뿐이다

흑심

그것은 분홍이었다 삐뚤빼뚤한 글씨를 낳은 연필, 난산의 칼날이 지나간 자리도 울퉁불퉁했다 침을 묻혀 기록하기에는 딱히 거짓이 없었다 그것이 시인 줄도 모르고 손끝을 떨었다 교복을 입은 시절이 없었고 가방과 필통을 가져본 적 없었다 편지가 일기였고 기록이 자서전이어서 장르가 없는 글은 자꾸 뭉툭해졌다 강과 호수 같은 물기는 없었고 그렇다고 산이나 들판처럼 풀기도 없었다 배경이 없고 시간이 없고 해도 달도 없는 공기도 숨결도 없이 툭툭 부러지던,

그것은 흑심이었다 품어서 안 될 것은 없었다 탄생을 기록하는 건 주먹구구식이었고 죽음을 남기기에도 오른손은 묶여 있었다 사랑을 시로 말해본 적 없었고 슬픔을 색채로 메워본 적 없었다 가난은 전쟁이었고 전쟁은 청춘이었다 방황이라는 사치는 전쟁 이전에도 그 이후에도 탄알을 장전하지 못했다 골동품상 청동 주전자처럼 꼭지는 미지근하고 바닥도 끓지 않았다 피 끓는 낙서도 해본 적 없어서 그를 둘러싼 벽은 늘 조용했다 연필로 다 쓸 수 있는 건 아니어서 흑심만 길게 깎아낸 한평생이었다

수생 고구마

내 몸에서 간이 떨어져나가지 않게 해주세요
아기집이 찌그러지지 않게 해주세요
말라 쪼그라든 고구마로
새 생명이라는 말은 가당치도 않잖아요
장기 기증 등록증에 그려진 붉은 장기 같은 고구마
이미 망가진 몸을 들이대었어도
팽팽하게 부풀게 해주세요
죽음의 두근거림을 누르고
순하게 누워 있는 몸에 핏물을 가득 채워주세요
잇몸도 없이 깨무는
살았는지 죽었는지 모르는
그러다가 어느 날 불쑥
다족류의 근심을 다 놓아버리고 말라버릴지도 모르는,
그러니 제발 내 몸에서
쭈글한 고구마만 꺼내지 말아주세요

역광

해변을 등지고 앉은 호호노인 셋이 사진을 찍는다
서로 붙잡고 의지하면서 마치 한 덩이처럼 엉켜 앉은 그림자
하얀 파도가 백발 위에 얹혔다가 풀어진다
영정사진으로도 쓸 수 없는 저 사진을 어디다 쓸까
유심히 들여다볼 세월이 있기나 할까
이런 초점 없는 생각으로 셔터를 누른다
처음부터 얼굴이 없는 피사체에
예쁘게 웃으세요, 이런 말도 안 되는 너스레까지 떨면서
초점을 맞춘다
웃는 것인지 찡그린 것인지 표정이 도무지 살지 않는 역광
찰흙으로 뭉뚱그려진 얼굴처럼 세 덩이의 조소품이다
찰칵 찰칵 찰칵 더 오래 더 깊이 눌러주면서
그 덩어리가 천천히 한 귀퉁이부터 일어서는 것을 지켜본다
시꺼먼 얼굴에 눈과 코와 입이 하나씩 완성되어가는데
내 아이들이 차례대로 일어서면서
파도 소리 속으로 함께 으스러진다

물고 혹은 물려서

딱새가 호랑나비 애벌레를 물고 갔다
서쪽 하늘이 초승달을 물고 가듯이

나비의 한 생을 사진으로 담던 남자는
촬영을 멈추고 낮술을 마신다
내 벌레 내놔, 내 벌레 내놔
딱새가 돌아오지 않는 허공에 대고 소리를 지른다
첫 여자의 이름과 욕지거리가 섞여 나온다
백과사전에도 없는 동종요법이다

딱새가 한입에 삼킨 애벌레처럼
초승달은 마디도 없이 꼬무작거린다

가로등이 물수제비처럼 켜지는 시간이 되어도
딱새는 돌아오지 않는다

저물게 물어서 서쪽 하늘은 입이 더 커지고
호랑나비 애벌레의 새집이 된 딱새는 덜컹덜컹
초승달보다도 빠르게 서쪽으로 날아갔다

휴일의 대화

중국의 대학에서 한국어를 가르치는 후배가
중국 책을 펼쳐놓고 참선중이라고,
아직 중국어가 익숙지는 않아서
책을 읽는 게 아니라 대체로 글자를 구경중이라고,
그 대체로, 라는 말의 듬성듬성한 틈으로 들어가
가끔 이국 거리의 꽃구경을 해도 좋겠다는 문자는 띄우지 못했다
나는 중국어 발음으로는 한 글자도 읽을 수 없는데
이미 낯선 글자 속으로 들어가 갓 핀 매화 줄기나 구경하고 돌아오곤 했다

꽃차를 마셔도 꽃이 되지 않는다는
후배의 말 언저리를 봄 얼음처럼 깨뜨린다

꽃차 속에 빠졌다가 튀어나갈
칭따오 외곽의 테니스공 소리가
중국어와 한국어 사이에서 고민할 동안
구름 낀 하늘에서 반짝 삼월의 해가
한국어로 봄을 나열하기 시작한다

대체로 여기선 풍경이 글자를 읽는다고
글자의 획수를 따라 꽃이 피고 있는 중이라고
내 문자를 거쳐 거기에도 매화가 피었을 거라고

그런 터무니로 이 대화를 느름느름 끌어가고 있는 것이었다

이 봄이 꽃을 터뜨릴 시간을 대체로
그렇게 끌어주고 있는 것이었다

도깨비바늘꽃

그때 네 집 앞에 내려놓고 온 것이 신김치였는데
하필 왜 신김치를 좋아했느냐고 투덜대는 목소리를 듣기라도 했는지
도깨비바늘이 되어 여기까지 꽂혀왔구나

혼자 남겨두고 힘들게 돌아선 발걸음이
여기까지 따라온 씨앗을 꼼꼼히 밟아 다졌는지
도깨비바늘의 봄 싹들이 신 냄새처럼 일어나고 있다

따끔할 때마다 맨발바닥만큼씩만 문을 열어주렴

그렇게 너를 조금씩 뜯어냈지만 아직 나를 오므리게 하는
도깨비같이 잠깐 피었던 노란 꽃잎
햇살이 시멘트 담벼락에 그림자를 새겨놓았다

노랗고 조그맣게 뜬 네 얼굴이
금방 떨어질 도깨비바늘꽃처럼 흔들린다

백미러에서 더욱 작아지며 붙박였던 너는
올해에도 바늘이 되어 내 방까지 따라왔다

겉옷의 보풀이 꽉 잡고 놓아주지 않아서
너는 아직 신김치를 아껴 먹고 있다고 했다

신김치가 따갑게 키우는 귀침초(鬼針草)라는 꽃이
머리말에 피고 있다고 했다

돌의 혀

가방 속에 손을 집어넣었더니
돌멩이 하나가 쥐어졌다
얼룩이 아니었다면 돌인지도 몰랐을
붉은 혀 문양이 찍힌 바닷가 돌
죽거나 살아서 돌아오는 해전(海戰)을 겪은 여름처럼
핏빛이었다
아직 반쯤은 눅눅한 돌
에게해의 울음이 가득찬 돌로 굳어
물밑으로 가라앉았던 혀
기울일 때마다 자갈 소리가 나는 백지에
돌이 바다에 두고 온 말들을 옮겨 적는다
아니, 돌을 주워 내 손바닥으로 옮겨준
그 손의 말을 받아 적는다
내 화법을 익히려고
손바닥 위에서 이리저리 구르는 혀
내 손안으로 들어와서
비로소 시끌벅적 호소하는 혀를 참아낸 돌

4부
무덤덤함이 무덤같이

벨트 우체통

갓 쉰이 되어 소나무 아래 묻힌 친구
삼 년 투병하면서 온갖 원망을 남편에게 다 쏟아붓는 것이었는데
그 남편은 별별 소리를 다 듣고도 무심한 법조인이었는데
친구는 그의 무덤덤함이 무덤같이 끔찍하다고
그리움도 외로움도 모르는 사람이라고
푸념처럼 넋두리하곤 했었는데
그 친구, 어느덧 2주기라
모처럼 그 소나무 찾아갔더니
아름드리 그 나무 아랫도리에
친구 남편의 벨트가 단단히 묶여 있다
이 세상일을
다 모르고 떠나는 일이 얼마나 다행인가
혼자 중얼거렸는데
소나무는 제 허리춤의 벨트가
이미 오래 묵은 제 몸의 것이라는 듯
딱 맞는 품으로 편안히도 당겨 끼고 있었다
나는 그 벨트에 엽서 하나를 끼워놓고
묵묵히 돌아설 뿐이었다

시한부

여기가 구층인 줄도 모르고

빗방울은 한쪽 손만 붙잡고 방범창 끝에 매달려 있다

나 잡아봐요

이런 장난까지 친다

도망갈 생각이 처음부터 없던 병이었다

병든 아이처럼 장난을 치다니

엄마가 폭발적인 화를 냈다

장난이잖아 엄마, 심각한 건 오히려 병이에요

병명에 떠밀려 졸아드는 엄마

빗방울이 마지막 한쪽 팔까지 놓으려고

눈길을 최대한 늘인다

근데 엄마, 나 안 잡을 거예요?

숨은 운명

아무리 더 가지려 해도
창(窓)은 단호하게 "거기까지!" 네 음절의 칼날로 내리친다
칼끝과 칼끝이 부딪치며 멈춘
냉철한 선(線)의 세계

더 가질 수 있는 날을 생각하면 웃음이 나니까

틀이 깨질 때까지 수건을 절반으로 접는 연습을 했다
저곳은 유연해
허리를 쉽게 휘는 것들은 창 따위는 두려워하지 않아

'묘안'이라는 이름을 붙여준
눈동자가 봉분 같은 고양이가
물어뜯을 것이 있는 쪽으로 허리를 휘는 장면처럼
매미 소리가 내 몸을 아무 곳이나 뚫으면서 애벌레 걸음으로 왔다가 간다

내게 저렇게 왔다 가는 것들
창을 건드리지 않으면 도저히 담장을 넘을 수 없는 것들

창을 내다보다가
순간이라는 말이

화면을 닫았다가 열면서 검은 새떼를 쫓는 장면을 목격한다

오늘의 창은 여기까지!
선을 자르는 칼날 연습중

불쑥 나타났다가 사라진 몇 마리 하루살이의 율동으로
맨발은 더 걸어나갈 수가 없다

창을 깨고 맨발이 피를 흘린다

아무리 더 가지지 않으려 해도 운명은 숨어서
바깥 날씨를 마음껏 저장하고 있다

세이렌 노래방

얼굴의 기미는 닦아내고 새의 목을 달자
밤이 오면 어떤 기미도 다 덮일 목소리로 노래를 부르자
그러면 너여, 내게 올 거니?
발톱은 가짜 대추나무에 걸려 거짓 잎들을 훑는다
푸른 대추알이 후두둑 떨어지도록
너여, 내게로 오는구나
바람도 없이 왔지만
깃털 날리며 부르는 노래
귀를 막아도 뒤틀리는
너여, 내게로 잘 왔구나
무슨 노래를 불러줄까 망설임도 없이 마이크를 잡고
밀랍 따위로는 귓바퀴를 막지 못하지
칭칭 감긴 로프를 풀어다오
스텝은 자유로우니까
떠나지 못하도록 가사를 쓰고
떠나갈 듯 부르는 노래
깃털이 지느러미가 되도록
발톱이 구렁이가 되도록
불빛이 좁은 홀을 훑고 또 핥는다
너여, 나를 스쳐도 찢기지 않는구나

와서 가져가라

이 카페에서 바라보는 은행잎은 좀처럼 대열을 흩트리지 않는다
바람이 다녀갔다는 전갈만 칼날처럼 목에 닿은 듯 파르르

낮게 날던 참새떼가 모처럼 높게 앉았다 간다

이층 카페의 누군가가 따뜻한 머그잔을 만지작거린다

이른 서리를 막기에는
턱없이 부족한 낱낱의 은행잎들

어쩔 수 없이 왔다가 미련 없이 가는 거라고
한 죽음을 애도하던 낮은 위로의 목소리가
휘파람처럼 지나갔다

칼날 눈빛으로 자주 은행잎 방패를 찔러보던
저 자리의 그녀는 돌아오지 않는다

따라가고 싶다고 말하려다가 배짱을 부린다

여기 와서 가져가라

바람도 멈추고 은행잎도 고요해진다

두 뼘

그때 당신은 키가 컸다
나를 감싸고도 두 뼘이 남았다
바람이 그 두 뼘에만 고였다가 흘러갔다
나는 바람 맞을 준비도 하지 않았다
두 뼘의 여유로 고개를 수그리지도 않았다
두 뼘은 빈 웅덩이처럼 채울 것이 많아서
당신이 사준 화장품도 올려놓고
당신이 부어주던 핏빛 와인도 얹어놓고
이쁘다, 잘한다는 기분좋은 형용사들도 늘어놓고
당신이 심어준 넝쿨장미도 기대놓고
가끔 내밀어준 시의 말도 걸어놓고
앞 머리칼 날리며 불러준 사랑의 노래도 풀어놓았다
너무 기대어서 두 뼘만큼 틈이 벌어졌다
나와 당신의 두 뼘 키
바람은 그 속에서 만들어졌다

묵독(默讀)

멀리 신전이 보인다
불빛이 환하다
신이 다녀간 불빛은 잠언으로 부풀어 있다
알 수 없는 말들이 아크로폴리스를 흔든다
쉐이크쉐이크
청년들의 고함소리가 열리지 않는 신의 건축물을 흔든다
무너지는 것은 없어도 무너진 성벽들
검은 밤의 잉크는 밥물처럼 끈끈하다
때로는 한 순갈 밥처럼 때로는 술병처럼
남기지도 넘기지도 못할 이별들이 목을 턱턱 꺾게 한다
신의 입김이 가로등으로 다녀간다
터지는 불빛
빛나는 불빛
그 너머에 걸린
파르테논은 높고 멀고 환하다
쉬고 있는 혀를 조롱하는
가시면류관처럼
밤의 이마에 서성이는 초승달
아직 도달하려면 새벽은 멀어서
신의 눈동자는 움직임이 빨라진다

반구대

그 얼굴은 멀리서도 잘 보인다
누군가가 걸어들어갔다가
빛의 속도로 빠져나간 흔적

맨발로 걷는 빗길
밤의 아스팔트처럼
바다는 바닥을 단단히 위장한다
저 수심 밑에 숨겨둔 뼈들
왁자지껄한 소음으로 튀어오른다
고래의 얼굴, 사슴의 얼굴, 어부의 얼굴, 호랑이의 얼굴,
희미하지만 도약하는 아가리들,
움푹움푹한 얼룩무늬들

아가리 딱딱 벌리던 내 새끼가 고래 뱃속에서 자라게 된 역사와
공격과 방어라는 수륙양생의 화급한 생이 절벽을 타고 오른다
살점을 다 태우고 함성만 남긴다

손가락으로 다 더듬을 수 없는 말을
끝까지 듣느라 꼼짝달싹 못한 절벽의 고요

긴 이야기를 담고 있는 저 절벽에는

보고도 못 본 척한 내 얼굴도 걸려 있다

물집

비명이었다 절벽을 흐르는 분홍 꽃
그는 귀머거리처럼 절벽을 모른다

아찔한 것은 언제나 나였다

신음이었다 바위 사이를 벌리는 초록 잎
그는 원시안처럼 틈을 모른다

아득한 곳을 바라보는 것이 습관이었다

마른가지 끝에 꽃 대신 눈을 찔러 걸어놓고 간 날들
꽃 핀 흔적들은 다시 꽃눈이 되었다
사월은 다 피어나고
나만 흔적이다

아물 듯 터질 듯 대기는 다시 더듬는다

이쯤이었으리라 그가 멈춰선 봄

극야(極夜)

여든여덟. 이것은 나이가 아니다. 강아지풀 옆의 수크령처럼 도드라지고 싶은 병. 수만 가지 알약으로 쌓은 탑. 아들이거나 딸이거나 하는 충치처럼 뿌리도 없어진 지 오래. 아침에 끼우고 밤에 빼는 틀니는 십 년 뒤 내 무덤에서 추려낼 것들. 까무러치는 초저녁과 아득한 아침. 손 내미는 조상들은 하나같이 봉두난발. 소스라치는 새벽과 휘몰아치는 고독의 검은 봉지 봉지들. 물로 삼키는 낮이라는 하얀 탄피들. 늙은 남편은 어린 나를 꽃가마 태워 시집보내고 할일 다 했다고 손 털고 누운, 더러는 삐거덕 걷고 더러는 철커덕 눕는 침상이라는 봉분. 총알도 스치고 단도에도 긁힌 여든여덟 개의 흙계단. 나는 강보에 얹힌 핏덩이 천애고아. 전신거울에 등을 붙여 손목과 발목을 묶은 흑야.

열대야

이 밤을 그만 데우십시오
좀더 끓이면 이 캡슐은 폭발하고 맙니다

TV가 들끓고 에어컨이 돌아가고 전선이 펄떡입니다
도로에서는 육식공룡의 울음을 내는 타이어가 멈추지 않고 속도를 냅니다

금방이라도 무너질 듯한 욕조에 몸을 담고
눈물 따위는 플라스틱 장난감에게나 줘버리지요
슬픔은 누가 흘린지도 모르게 욕조에서 쏟아내는 눈물
달래줄 사람도 없는 모두의 이날을 흔들어봐요

멈출 리 없는 하루가 가고
숨을 참고 살아 있는 날도 모래 속으로 빠지고
욕조에 담긴 밤 껍질처럼 얼굴을 담근 채 내일로 이송됩니다
거기 내일은 모래만큼 튼튼합니까
여기 욕조는 오늘만큼 무사합니까

이 밤은 데우지 않아도 뜨겁습니다
소리만 요란하게 폭죽이 터지는 밤입니다

거울아 거울아

1.

의자 위에 수건 한 장이 걸쳐 있다 의자는 수건에 짓눌려 있지만 그 무게를 모른다 의자를 슬쩍 빼내어도 수건은 아랑곳없이 그 자리를 지킬 듯이 고요하고 단단하게 굳어 있다 거울만 바쁜 댄스 연습실

2.

수건이 닦고 지나간 눈이며 입이며 귀가 침묵을 학습한 것처럼 저 수건이 품고 간 알몸과 맨발이 비밀을 훈련한 것처럼 젖는 것을 전수받는 오랜 습관처럼 숭고한 침묵을 주무르며 손을 닦는다 수건은 젖고 댄서는 마른다

3.

의자 위에 아무렇게나 던져져서 수건은 칙칙하고 은밀하게 말라간다 침묵이나 비밀과도 무관한 의자 위에 수건은 단지 정물화처럼 거기 걸쳐진다 아무것도 아닌 일들이 거울 속으로 흘러들어가고 비밀 아닌 것도 비밀인 채로 흘러나오고,

깁스라는 키스

나는 아름다운 초록 깁스다리를 가지는 것으로
이 여름을 통째로 그에게 내주었다
다리를 잃은 꼬리지느러미도
말소리를 놓친 두 입술도
둥둥 뜬 나의 여름 때문에
숨 막히는 어항 속 유영법을 익혔다
초록 깁스다리로 배운 아가미 호흡법을
장식품처럼 선반에도 올려놓고
잠들기 전의 머리처럼 베개 위에도 눕혔다
조문하지 못한 사람을 더 오래 배웅하고
그의 문장 호흡을 더 깊이 따라가본다
내 여름은 초록 깁스다리여서
걸음걸이는 변명이 되고 병명이 되어간다
체온이 되고 시멘트 담벼락이 되고 말랑한 명령이 된다
부서진 것에도 금이 간 것에도
입술만 붙여버리는
초록 깁스의 시간

병을 나눠먹는 순두부

함께 순두부를 먹는 날이었다
순한 것이 우리를 수그리게 했고
뜨거운 것이 우리를 망설이게 했다
식당에는 순두부와 아무 관계가 없는
청국장 냄새가 진동을 하고
냄새까지 순해진 뚝배기를 앞에 놓고
둘은 숟가락을 넣었다 뺐다 했다
폐질환을 나눌까요 간질환을 나눌까요
가능한 많은 병을 나누고 싶어요
그렇게 다정해도 우리는 한 가정을 이루지 못했고
병명도 주고받지 못했다
주소는 달랐지만 통증을 나누기엔 적절한 사이
몇 개의 병을 예약하고
우리는 좀더 정중히 순두부를 퍼먹었다
뚝배기가 받는 절은
어떤 기원처럼 병을 잘 스미게 했다

연분홍 유언이 있었다

노래만 남기고 꽃잎은 가져간 사람이 있다

투병은 길었다

만개하기 전에 꽃잎이 먼저 부스러져서
그는 잘 보지 않는 책갈피를 열고 들어가겠다고 했다

핏기도 핏물도 없는 페이지에 잘 찍은 발자국처럼
꽃잎 가랑이를 찢어도 보았구나

그래, 당신이었어!
언젠가 그를 그렇게 열어볼 날이 있을지도 모르지

꿈인지 생시인지도 모르게
그는 더 먼 곳에 있겠다고 했으니

꽃잎은 병색도 모르고 그를 따라갔고
물기가 빠져나간 페이지에
이야기들만 남아 개미처럼 기어다니겠지

한 페이지 넘기고 듣고
한 페이지 넘기며 따라 부르고
그런 사랑이 있었는지도 모르게 납작해진

꽃잎을 간혹 건드려 깨워야지

딱풀처럼 잘 붙은 사랑 얘기는 다시 열지 말까?

오래 덮어둔 책이 있는지도 모르는 날이 올 테니까
꽃잎만 남기고 노래를 가져간 사람이 있다고
가물거리며 말할지도 몰라

그런데 참 이상하지?
노래와 꽃잎 이야기가 서로 나뉠 수 있다는 것
개미처럼 꼬물거리는 글자들을 암호 삼아
남이 읽지도 듣지도 못하게 밀봉해둔 유언이 있다는 것

여주

거기 땅이 있었다 지도에만 있던 땅
오빠가 지적도에 자기 이름을 새겨넣은 땅
그 땅을 밟으러 가는 길에 묘지부터 들렀다
거기 자기 땅이 있다는 것만 알고 있었던 그녀가 그 옆 동네에 묻혔다

해설

창(窓)을 관통하여 도래하는 것들

고봉준(문학평론가)

1.

천수호의 시는 '사물'을 보는 낯선 시선과 '언어'에 대한 독특한 감각을 기본 문법으로 갖고 있다. 첫 시집을 출간하면서 밝힌 "내게 시는 연민에서 출발한 사물 이해법/ 그것이 사물을 보게 한, 또는 보이게 한 시력이다"〔『아주 붉은 현기증』(민음사, 2009)의 '시인의 말'〕라는 규정은 그녀의 시세계 전체를 관통하는 상수(常數) 가운데 하나이다. 시인은 그 위에서 유년의 기억과 가족사에 얽힌 이야기를 펼쳐 보이고, '인간-언어-사물'의 상상적 관계를 통해 세상에 존재하는 것들이 자신에게 말을 건네는 순간을 서정적 언어로 기록해왔다. 첫 시집에서는 시각적 이미지가 이 세계를 견인했다면, 두번째 시집에서는 '아버지'와의 관계를 배경으로 '귀-청각'을 통한 사물과의 소통을 시화(詩化)했다. 그리고 지금, 시인은 세번째 시집에 이르러 오랫동안 관계를 맺어온 사람들의 '죽음'에 관한 이야기를 시작하고 있다. 천수호의 이번 시집의 주조(主潮)는 '병(病)'과 '죽음'이다. 시의 제목들에 등장하는 '담석증' '비문증' '불면증' 같은 병명들은 시인의 육체적 실존에 해당하고, 다양한 죽음들은 가까운 사람을 떠나보낸 경험의 시적 변주라고 말할 수 있다. 이 시집에 수록된 죽음에 관한 진술들에서 확인되듯이, 시인에게 '죽음'은 생물학적으로 생명이 끝나는 단순한 종결의 의미보다 삶과 죽음이라는 이질적인 가치의 불가능한 관계, 나아가 인간의 '몸'을 관통하는 수십 수백 가지의 '병' 에 대한 태도로 확장되어 인식된다. 우리에게 죽음은 아무리 반복적으로 경험해도 좀처럼 익숙해지지 않는 절대적으로 '낯선 것'이지만, 시인은 '낯선 것' 안에서 슬픔이나 두려움 이상의 의미를 발견한다.

'죽음'에는 세 개의 인칭이 존재한다. 우리가 매일 미디어를 통해 전해 듣는 '누군가'의 죽음인 3인칭 죽음, '나'의 죽음인 1인칭 죽음, 그리고 가까운 사람의 죽음이라고 말할 수 있는 2인칭 죽음이 그것들이다. 3인칭 죽음은 '정보' 이상의 것으로 경험되기 어렵고, 1인칭 죽음은 상상할 수는 있으나 경험할 수는 없는, 그것이 '나'의 죽음이라는 점에서 침묵하는 것 외에는 달리 말할 수 없는 불가능한 사건이라고 말할 수 있다. 그렇다면 1인칭 죽음과 3인칭 죽음 사이에 존재하는, 완전히 익명인 죽음도 아니고, '나'의 죽음처럼 절박한 사건도 아닌 2인칭 죽음은 어떻게 경험될까? 알다시피 죽음(죽는다는 것)은 생명체의 존재 조건이다. 죽음의 부정성에서 벗어나고 싶은 생명에게 그것은 실존의 비애이지만, 죽음, 즉 죽는다는 그 사실로 인해 생명의 시간은 의미를 가질 수 있다. 죽는다는 필연적 사실로 인해 인간이 '삶'에서 의미나 가치를 추구할 수 있듯이, 우리는 또한 죽음을 통해 '삶'에 대해 성찰하기도 한다. 그런데 '누군가'의 3인칭 죽음은 아무리 자주 반복되어도 '삶'에 대해 말해주는 것이 없는 반면, 1인칭 죽음은 '삶'에 대해 말해주기는커녕 그것을 무화

시켜버린다는 점에서 부정성 그 자체라고 말할 수 있다. 만일 죽음이 우리에게 '삶'에 대해 무언가를 이야기해준다면 그것은 결국 2인칭의 죽음일 수밖에 없다. 2인칭 죽음, 그 속에서 우리는 '나'와 가까운 존재가 죽어가는 모습을 목격하게 되며, 그 사건을 통해 비로소 죽음이 멀지 않은 곳에 있음을 느끼게 된다.

떠난 지 오 개월이 지난 지금도
누군가는 당신 조의금을 보내온다
당신이 저 바닷물에 녹아드는 데 오 개월이 걸린다고 했던 말을
증명이라도 하듯이

어떻게 그렇게 천천히 걸어들어갈 수 있는 건지

바닷물이 소금이 되는 데 한나절이면 된다는 내 말에
당신은 또 건너편 기슭으로 달아난다
다시는 안 돌아올 기세로 가쁘게 숨을 몰아쉰다

파도의 겹겹 또는 첩첩
그 깊은 물결 속으로 당신이 뒤돌아보지 않고 걸어들어가는 것을

마지막 호흡과 맥박과 혈압을
곤두박질치는 수치로만 지켜보았던 그때처럼

터지는 파도, 삼키는 파도, 뒹구는 파도, 놀라는 파도
사이로
또 한번 지는 굵고도 붉은 당신

—「이제 지겹다고 안 할게」 부분

이번 시집에는 "검정고무신을 꽃신으로 만들던 언니"(「송도」)에서 "병명에 떠밀려 졸아드는 엄마"(「시한부」)로 연결되는 가족의 '죽음'과 '질병'은 물론이고, "사진 속에서만 햇빛 웃음"(「아침이라는 영정사진」), "황망한 부고의 슬픔"(「겨우라는 여우」), '진영'이라는 "죽은 친구의 이름자"(「두 글자의 이름은 잠망경처럼」), "한 죽음을 애도하던 낮은 위로의 목소리"(「와서 가져가라」), "그녀가 그 옆 동네에 묻혔다"(「여주」) 등처럼 다양한 인물들의 죽음을 지시하는 기호들이 흩뿌려져 있다.

2인칭의 죽음은 상실의 아픔과 슬픔의 감정을 불러온다. 가령 「이제 지겹다고 안 할게」를 살펴보자. 이 시에서 '당신'은 "그렇게 왔고 또 그렇게 떠났다"라는 진술처럼 죽음의 문턱을 넘어서 떠났고, '나'는 "당신이 다시 온다면/ 했던 말 또 하고 했던 말 또 해도 이제 지겹다고 안 할게"처럼 '당신'에 대한 애도에 실패한 상태로 살고 있다. 시인은 이

시에 등장하는 '당신'의 정체에 대해서는 말하지 않는다. 다만 "떠난 지 오 개월이 지난 지금도/ 누군가는 당신 조의금을 보내"오며, 화자가 '당신'의 "마지막 호흡과 맥박과 혈압을/ 곤두박질치는 수치로만 지켜보았"다는 진술을 감안하면 가족적 관계임을 짐작할 수 있다. 우리는 흔히 2인칭의 죽음에 대해 예고 없이 찾아오는 죽음이라는 표현을 사용한다. 하지만 가까운 이의 죽음일 경우, 예고 여부와 남겨진 자가 견뎌야 하는 상실감의 무게는 별로 관계가 없다. 알다시피 애도란 단순한 슬픔의 감정이 아니라 사랑하는 대상이 더이상 존재하지 않는다는 사실을 인정하고 그 심리적 결핍에서 벗어나는 과정이다. 이 시에서 화자 '나'는 '당신'이 죽은 지 오 개월이 지난 지금까지도 '조의금'을 받고 있는데, "당신이 저 바닷물에 녹아드는 데 오 개월이 걸린다고 했던 말을/ 증명이라도 하듯이"라는 말처럼 여기서의 오 개월은 단순한 물리적 시간이 아니라 애도에 걸리는 시간, 바꿔 말하면 애도에 투여된 실패의 시간을 가리킨다. 이처럼 2인칭의 경우 '죽음'은 생물학적인 죽음 이후에도 종결되지 않고 흔적을 남긴다.

먼지 덩어리가
사슴 모양으로 엉켜 있는 유리창 너머
마른 잎 몇 개가 뭉쳐져 사슴처럼
겨울 가지 위에서 팔랑거린다

사슴이 사슴을 부른다

목소리가 나오지 않는 기막힌 우연이
두 마리 사슴의 심장으로 뛴다
나뭇잎사슴은 무엇에 쫓기는지
걸었다가 뛰었다가
아무리 화급해도 허공인 그 자리에서
때론 새 같고 때론 비닐봉지 같은
갓 터진 이야기의 목만 조였다 늦췄다 한다

창틀에 똥을 찍 던지고 가는 비둘기가
한 곳을 노려보는 눈빛으로 창 안을 힐끗 들여다본다
유리 위를 흘러내리는 어룽무늬처럼
링거 수액이 천상 이야기를 타고 내려오고
죽음의 잔뼈를 더듬는 중환자들의 얼굴은
먼지 덩어리에 덮인다

흙물이 흙무덤처럼 흘러내려서
안과 밖이 뒤섞인 찰진 무덤
창과 창 사이 이쪽과 저쪽은 서로 힐끗
한 장의 햇살만 이쪽저쪽 구분도 없이 푸욱 찔려 있다
—「창과 창 사이의 힐끗」 전문

현대인에게 '죽음'은 '죽어감(Dying)'으로 경험된다. '죽음'이 어떤 문턱을 넘는 질적인 변화의 순간에 부여된 명칭이라면, '죽어감'은 일정한 단계를 거쳐 죽음에 도달하는 과정에서 유한성을 경험하게 되는 진행형의 사건에 가깝다. 의료 기술의 발달로 인해 현대인의 대부분은 생애 후반부의 상당 기간을 질병에 시달리다 죽음에 이르는데, 특히 병원에서 행해지는 긴 투병 과정은 죽음이 순간적인 사건이 아니라 그것에 이르는 긴 과정이라는 감각을 심어준다. 이런 이유로 '죽음'은 이미-항상 '병'을 수반하기 마련이다. 그런데 시인은 '병'을 순전히 부정적인 것으로 인식하지 않는다. 근대 의학은 '생명'과 '병'을 대립적 관계로 이해했다. '생명'을 죽음에 저항하는 기능들의 총체, 즉 죽음의 부정으로 간주한 프랑스의 해부학자 비샤(Xavier Bichat)의 정의가 대표적인 경우이다. 이 시각에 따르면 우리를 죽음의 세계로 인도하는 '병' 역시 부정적인 것일 수밖에 없다. 하지만 시인은 '생명'과 '병'의 관계에서 부정성 이상의 의미를 이끌어낸다. 실존의 비애라고 말할 수 있는 '죽음'이 인간의 존재 조건이듯이 '병' 역시 생명을 위협하는 요소인 동시에 '생명'의 근거라는 것, 그러니까 병들 수 있다는 것이야말로 생명의 고유한 특징이라는 시인의 사유는 죽음과 병의 관계는 물론, 삶 자체를 이해하는 중요한 계기를 제공한다.

"링거 수액이 천상 이야기를 타고 내려오고/ 죽음의 잔뼈를 더듬는 중환자들의 얼굴"이 먼지 덩어리에 덮이는 곳에 머물고 있다. 이곳이 누군가가 병마와 사투를 벌이고 있는 병실임을 짐작하는 것은 그리 어렵지 않다. 병실 유리창 너머로 "마른 잎 몇 개가 뭉쳐져 사슴처럼/ 겨울 가지 위에서 팔랑거"리고 있으니 화자는 지금 병실 유리창을 통해 겨울 한낮의 풍경을 응시하고 있다고 상상할 수 있을 듯하다. 먼지 덩어리가 사슴 모양으로 엉켜 있고, 마른 잎들이 겨울 가지 위에서 바람에 위태롭게 흔들리거나 바닥에 나뒹굴면서 "걸었다가 뛰었다가" 하는 것은 모두 유리창 너머에 존재하는 세상의 풍경이다. 1연에서 창밖 풍경을 응시하던 화자의 시선은 2연에 이르러 실내 장면을 형상화하는 방향으로 바뀐다. 그런데 '링거 수액'과 '중환자들의 얼굴'로 표상되는 병실 풍경을 그리는 화자의 시선은 어딘가 이상하다. "죽음의 잔뼈를 더듬는 중환자들의 얼굴은/ 먼지 덩어리에 덮인다"라는 진술은 내부에서 내부, 즉 병실 내부에 위치한 화자의 시선에 포착된 병실 풍경이라고 말하기 어렵기 때문이다. 요컨대 "중환자들의 얼굴"이 "먼지 덩어리에 덮"인 장면을 목격하기 위해서는 화자의 시선이 곧장 병실 내부를 향하는 것이 아니라 창문에 맺힌 영상에 머물러야 한다. 그렇다면 이 시에서 시인이 우리에게 보여주려는 것, 혹은 말하려는 바는 무엇일까? "창과 창 사이 이쪽과 저쪽은 서로 힐끗/ 한 장의 햇살만 이쪽저쪽 구분도 없이 푸욱 찔려 있다"라는 진술에 주목하자. 이 시에는 '힐끗'이라는 시어가 두 번 등장한다. 첫번째는 병실 내부를 무심히 들여다보는 비둘기의 시선을 표현할 때이고, 두번째는 '창'을 경계로 이쪽과 저쪽, 안과 밖의 세계가 단절되었다는 느낌, 즉 서로에게 무심하다는 느낌을 표현할 때이다. 시인은 서로에게 무심한 두 세계 사이에서 그것들을 가로지르는 한 줄기 햇살을 "한 장의 햇살만 이쪽저쪽 구분도 없이 푸욱 찔려 있다" 라고 표현하고 있다. '창'으로 분할된 두 세계를 관통하는 햇살의 이미지, 이것에서 '삶'과 '죽음'을 단절이 아닌 관계로 인식하는 시인의 존재론을 읽어내는 것은 지나친 해석일까?

2.

천수호의 시에서 풍경들은 종종 '창(窓)'을 통해 도래한다. '창'은 물질을 투과시키지 않는다는 점에서 단절의 기호이지만, 빛과 시선을 통해 그 너머에 도달할 수 있다는 점에서 연속의 이미지로 받아들여지기도 한다. 또한 '창'은 실내의 조도(照度)에 따라 '저곳-바깥' 풍경을 담는 시각적 프레임의 기능을 행하기도 하고, 때로는 화자의 모습을 포함한 '이곳-내부' 풍경을 되비추는 거울로서 기능하기도 한다. 무엇보다도 '창'은 시각적 대상-풍경에 우리의 시선을 집중시킨다는 점에서 하나의 프레임이라고 말할 수 있으니, '창'을 통해 풍경을 본다는 것, 혹은 풍경이 도래한다는 것은 일상적인 시선과는 다른 관점에서 대상을 본다는 뜻이기도 하다. 시인은 이 '창'의 이미지를 변주하면서 주체와 대상, 삶과 죽음의 경계를 반추한다.

밤열차의 차창 위에
내 얼굴이 클로즈업된다
차창의 유리가 내 얼굴에 골몰할 동안
옆 좌석의 그의 얼굴은 내 얼굴의 심연이 된다
깊은 곳을 눌러보는 창(窓)의 힘으로
어둠은 차창에 바짝 동공을 들이댄다
반사면 깊숙이 박히는 외눈
열차는 한 쪽 눈을 밀어내고
심연의 다른 쪽 눈을 뜨게 한다
그 검은 수면에 떠서
알 수 없는 곳으로 흘러가는 통로 옆 여인에게
나는 바탕 종이처럼 얼굴을 헌사한다

—「차창의 유리가 내 얼굴에」 부분

"아무리 더 가지려해도/ 창(窓)은 단호하게 "거기까지!" 네 음절의 칼날로 내리친다"(「숨은 운명」)라는 진술에서 '창'은 '칼날', 즉 단절의 기호이다. 「숨은 운명」에서 시인은 창 너머 세계인 '저곳'과의 소통을 욕망하면서 고양이의 유연한 허리를 닮은 '매미 소리'가 '창'을 넘어 자신의 "몸을 아무 곳이나 뚫으면서 애벌레 걸음으로 왔다가" 가는 장면을 상상한다. 「창과 창 사이의 힐끗」에서 두 세계를 관통하는 햇살의 이미지가 그러했듯이, 여기에서 '매미 소리'는 단절의 기호인 '창'을 뚫고 들어와 시인의 몸에 새겨진다. "내게 저렇게 왔다 가는 것들/ 창을 건드리지 않으면 도저히 담장을 넘을 수 없는 것들"은 시인과 풍경, 혹은 사물이 관계 맺는 방식에 관한 이야기로 읽어야 한다. 시인과 사물/대상의 관계는 실용성을 목적으로 하는 일상적 관계가 아니다. 오히려 사물/대상은 일상적인 맥락에서 벗어날 때 비로소 시적 대상으로 경험된다. 철학자 하이데거는 망치가 도구로서 제대로 기능할 때에는 우리의 주목을 끌지 못한다는 사실을 언급하면서 도구성에 대해 설명한 적이 있다. 못을 박는 데 아무런 문제가 없을 때 우리는 도구로서의 망치에 대해 무관심한 반면, 그 기능에 문제가 생겼을 때 비로소 망치에 대해 사유하기 시작한다. 시인과 사물/대상의 관계도 이와 비슷해서 사물/대상은 단순한 도구가 아닐 때, 도구 이상의 의미를 지닐 때 시적 대상이 된다. 시인은 이러한 비일상적 맥락 안에서 사물/대상과 맺는 관계를 "틀이 깨질 때"라고 표현한다. '틀'은 어떤 사물을 억압하거나 그것과 접촉하는 방식을 제한하는 질서를 의미한다. 그런데 시인은 왜 사물과의 관계 방식에 '운명'이라는 무거운 시어를 동원했을까? 그것은 '틀', 즉 사물/대상이 기존의 질서에서 벗어나는 것이 시인/주체의 의지의 산물이 아니라는 것을 말하기 위함일 것이다.

「차창의 유리가 내 얼굴에」에서 시인은 '창'에 상(像)이 맺히는 시각적 현상을 물리 법칙이 아닌 존재론적인 층위에서 사유한다. 이러한 존재론적 지평에서 '창'은 '나'와 '타인'의 관계, 즉 존재론적 사유가 펼쳐지는 흑판(blackboard)이 된다. 일몰 이후 기차의 창문은 기차의 내부 풍경—"내 얼굴이 클로즈업"—을 되비추는 거울로 변모하는데 이때 옆자리에 누군가가 앉아 있다면 창문에는 두 개의 얼굴이 겹쳐져 비치기 마련이다. 그리고 창문 가까운 곳에 위치한 '나'의 얼굴과, 일정한 거리 너머에 있는 옆 사람의 얼굴은 다르게 반사된다. 시인은 이 장면을 가리켜 "옆 좌석 그의 얼굴은 내 얼굴의 심연이 된다"라고 쓰고 있다.

푸르스름한 수염으로 그가 왔다
이 땅의 청년으로는 다시 오지 않을 듯이
사진 속에서만 햇빛 웃음이다
웃는 얼굴에 침 뱉지 못한다는 세상에 살아왔지만
간혹 가래침을 맞는 영상이 뜨기도 했다
멱살 잡히는 장면은 뉴스감이 되지도 못했다
암청색 바탕화면에 검은 형상들이 서서히 드러나기 시작한다
아침은 그런 것이다
주검으로 정지되었던 사물들이 창을 내고 빛을 반짝이기 시작한다

이런 영상은 매일 볼 수도 있지만
이미 죽어가는 오늘 아침은
내일 그를 볼 수 없는 것처럼 단단한 사각 틀 안에 있다
가만히 들어보면
화면 밖에서는 목련이 핀다는 봄의 말이 들리기도 하지만
발인의 국화 향기가 줄을 서는 아침이다
꽃잎은 빳빳하지만 이 흰 꽃들에게 정규직이라는 꽃말은 없다
웃음이 정지된 사진으로는 싸한 아침 냉기를 데우지도 못한다
어두운 갱의 일터로 수그리고 들어갔던 청년의 어젯밤은 이제 기록이 되었고
어제의 아침은 오늘 아침보다 하루 먼저 죽었다

—「아침이라는 영정사진」 전문

시적 동일시가 유사성에 근거한다는 사실에 비추어보면 '아침'과 '영정사진'의 동일시는 상당한 파격이다. 그러므로 이 '파격'의 알리바이에 해당하는 발견을 이해하는 일이 이 시를 읽는 종착점일 수밖에 없다. '아침'과 '영정사진'은 어떻게 연결되는 것일까? 천수호의 시는 가족, 질병, 죽음 등에 관해 이야기할 때에는 비교적 명료한 진술 방식을 사용하지만, 그녀의 시편들 대부분은 직설적인 감정이나 상

황 자체에 대한 재현적 설명법을 쓰지 않는다. 천수호의 시가 이미지와 장면에 대한 묘사로 끝나는 경우가 많은 까닭도, 그것이 쉬운 감정의 전달 대신 상황 자체에 대한 여운을 남기는 이유도 이러한 발화 방식에서 비롯된다. 이런 경우 이미지들은 중첩되거나 왜곡되어 제시되고, 직설적 감정보다는 상황 묘사를 통해 우회적인 방식으로 독자를 자극한다. 이 시는 이러한 시적 특징을 분명히 보여주는 작품이다.

'영정사진'이라는 시어가 지시하듯이 이 시의 중심에는 '죽음'이 놓여 있다. 그런데 그 '죽음'이라는 사건을 둘러싸고 있는 상황은 결코 단순하지 않다. 먼저 몇몇 특징적인 시어들에 주목해보자. 가령 이 시에는 사진 속에서 활짝 웃고 있는 '그=청년'이 등장한다. 그리고 "가래침을 맞는 영상"과 "멱살이 잡히는 장면"이 등장하고, "발인의 국화 향기", "정규직", "어두운 갱의 일터로 수그리고 들어갔던 청년의 어젯밤"처럼 사건적 맥락을 지닌 구절들이 등장한다. 이 시는 얼핏 비정규직 청년이 일터에서 목숨을 잃은 사건, 혹은 그 청년의 죽음에 관해 이야기하는 작품처럼 읽힌다. 하지만 다른 한편으로는 그 사건과 직접적인 연관성이 없는 시어들도 다수 존재한다. 가령 서서히 드러나는 "암청색 바탕화면에 검은 형상들"과 "주검으로 정지되었던 사물들이 창을 내고 빛을 반짝이기 시작한다", "이미 죽어가는 오늘 아침은/ 내일 그를 볼 수 없는 것처럼 단단한 사각 틀 안에 있다" 같은 구절이 그렇다. 여기에서 시인은 누군가의 '죽음'과 '아침'이 시작되는 장면을 나란하게 놓고 진술하고 있다. '아침'은 어떻게 오는가? 이 질문에 대해 시인의 답변은 "주검으로 정지되었던 사물들이 창을 내고 빛을 반짝이기 시작한다"이다. '아침'은 정지 상태였던 사물들이 빛을 내는 것으로 온다. 그런데 그 아침은 "단단한 사각 틀 안에 있"고, '화면 밖'에서는 "목련이 핀다는 봄의 말이 들"린다. '화면 안'에서는 장례식 장면이 상영되고 있고, '화면 밖'에서는 목련이 피고 있다고 읽어야 할까? '화면 안'과 '화면 밖', '죽음'과 신생의 '아침', '국화 향기'와 '목련'의 대립을 통해 시인은 삶과 죽음의 관계에 대해, 시간의 흐름에 대해 사유하고 있는 것이다. 그렇다면 이러한 시적 상황에서 시인의 위치는 어디일까? "사물들이 창을 내고 빛을 반짝이"는 장면, 그러니까 창문을 통해 아침이 밝아오는 풍경을 응시할 수 있는 곳이 아닐까. 그곳은 「창과 창 사이의 힐끗」에서 화자가 머물러 있던 자리이고, 「시한부」에서 "방범창 끝에 매달려 있"는 빗방울을 바라보던 자리이며, 「숨은 운명」에서 "순간이라는 말이/ 화면을 닫았다가 열면서 검은 새떼를 쫓는 장면"을 목격하던 바로 그 자리이다.

밤마다 드르륵 거기의 창문이 열린다
밤새도록 파도 소리가 들린다
햇빛을 막았던 주홍빛 커튼 한 폭과
별빛을 받았던 겨잣빛 커튼 한 폭
한 쌍의 커튼을 리본으로 묶어서 갈라놓는다

해와 달이 잠시 멀어진다

묻어온 해도 뚝
숨겨온 달도 뚝
발등에 떨어지는 소리를 매일 숨긴다

커튼을 뺏긴 유령은 무엇으로 낯을 가릴까

파도 소리로 날마다 얇아지는 심장을
이미 멎어 딱딱해진 심방에서 어떻게 초침을 밀어가나

밤마다 커튼을 반반 가르며
거기 두고 온 유령과 여기 끌고 온 몸뚱어리를 생각한다

—「그 방의 유령」 부분

다시, 창문이다. 이 시에는 두 개의 '창문'이 등장한다. 하나는 '거기의 창문'이고, 다른 하나는 '여기의 창문'이다. '거기'와 '여기'는 공간적 차이를 표현하는 말들이지만 이질적인 두 세계를 가리킨다는 점에서 시간의 층위로 바꿔 읽을 수도 있겠다. 「아침이라는 영정사진」이 '창'이라는 존재를 통해 삶과 죽음의 관계에 대한 물음을 제기했다면, 「그 방의 유령」은 두 개의 창문이라는 시적 제재를 앞세워 실존의 시공성(時空性)에 대해 질문한다. 이 시의 핵심 사건은 화자가

'그 방'에서 "커튼 두 장"을 가져와 '내 방'에 건 것이다. 알다시피 '커튼'은 외부 세계로부터 창 안의 내부를 단절시키는 장치, 즉 낮에는 햇빛을 막고 밤에는 달빛을 받는 장치이다. 시인은 시간에 따른 커튼의 이 이중적 기능을 '해'와 '달'에 비유하고 있고, '그곳'에서 '이곳'으로의 커튼의 공간 이동 역시 '해'와 '달'의 이동으로 인식한다. 하나의 사물이 가치중립적인 단순한 물건(thing)이 아닐 때, 그리하여 사물에 그것이 놓여 있던 맥락이 각인되어 있을 때, 공간의 이동은 세계의 이동이기도 하다. 사물을 옮긴다는 것은 세계를 옮긴다는 것이다. 그리하여 '커튼'을 '이곳'으로 옮겨왔으나 "밤마다 드르륵 거기의 창문이 열린다"라는 진술이 가능해진다. 문제는 "밤마다 커튼을 반반 가르며/ 거기 두고 온 유령과 여기 끌고 온 몸뚱어리를 생각한다"라는 진술에서 드러나듯이 시인의 리비도(libido)가 한곳에 집중되어 있지 않다는 사실이다. 현실의 커튼은 '이곳'에 있지만 시인의 리비도는 '저곳'에 묶여 있으며, 시인은 이곳에서 자신의 '몸뚱어리'를 생각하지만 실상 "거기 두고 온 유령"에게서 리비도를 회수하는 데 실패하고 있다. 여기에서 커튼은 인간 실존에 대한 비유의 일종으로서 두 폭이 합쳐져 하나의 커튼을 구성한다는 형태적 특징이 시인으로 하여금 이러한 상상을 제공한 듯하다. 이 시의 화자 역시 "유령이 어른거리는 밤의 창문 앞에 서서" 바깥을 응시하고 있다. 이처럼 창문을 '여기'와 '거기'라는 공간적 차이로 형상화한 것이 이 시라면, 「창밖의 일들」은 '창'을 시간의 경계선으로 설정하고 있다고 말할 수 있다. 이 시에서 화자는 '그'와 함께 보낸 시간들을 "창밖의 일"이라고 설명한 후 현재 속에서 과거를 응시하고 있다. 가령 "시간이 흘러갔지만/ 아직도 나는 간소한 밥상을 차리고 창밖엔 더러 그때의 흰 눈발이 들이치고"라는 진술에서 화자는 창밖에 흰 눈이 내리는 장면을 목격하고 거기에서 "눈발의 속도로 노래하는 매미"를 느낀다. 이 시에서 '매미'는 '그'와의 시간에 관계된 대상으로, 시인은 현재 자신의 눈앞에 펼쳐진 풍경을 바라보면서 과거의 시간을 회고하고 있는 것이다. 여기에서도 화자는 '창밖' 풍경을 내다볼 수 있는 곳에 위치하고 있다. 천수호의 시는 언제나 두 세계의 '사이'를 사유하며, 그에게 '창'은 그 '사이'에 대한 표상이자 '거기'로 들어가는 입구이다.

3.

회화에 비유하자면, 천수호의 시편들은 원근법에 충실한 묘사보다는 사물의 질감이나 느낌, 그것들의 우연적인 조합이 만들어내는 낯섦의 미학에 가깝다. 식물을 비롯한 자연물을 시적 소재로 삼으면서도 상투적인 서정을 답습하지 않고, 언어(글자)의 모양, 의미 등 언어에 대한 자의식을 중시하면서도 형식 실험으로 흐르지 않는 시적 면모는 세 권의 시집 전체에 걸쳐 지속되고 있다. 하지만 이번 시집에서 우리가 특별히 눈여겨보아야 할 것은 '관계'의 문제, 특히 관계에 관한 '태도'의 문제인 듯하다. 그것은 사람, 즉 타인과의 관계이기도 하고 사물/대상과의 관계이기도 하다. 천수호의 시에는 "내가 너의 말을 듣는 방식"(「대화의 조건」)이나 "물과 철로의 관계는 검색되지 않지만/ 배와 철로는 금방 닿을 수 있다"(「관계에 관한 짧은 검색」), "둑길이 물길만 막는 게 아니었다"(「둑」)처럼 '관계'에 주목하는 시편들이 여럿이다. 그럼에도 불구하고 그녀의 시에는 서정시의 종결부에서 흔히 목격되는 승화(sublimation)에 대한 강박이 거의 없다. 그녀의 화자들은 자신이 연루된 풍경과 상황에 대해 감각적으로 해석할 뿐 대립적인 것들을 관념의 차원에서 화해시키려 하지 않는다. '사이'를 사유한다는 것이 그 단적인 증거이니, 중요한 것은 실존이 '여기'와 '거기'로 분할되어 있다는 진실을 깨닫는 것이고, 자신이 지나왔다고 생각하는 "창밖의 일들"을 결코 지나온 것이 아님을 정직하게 고백하는 일이지 거짓 화해를 꿈꾸는 것이 아니다. 시인의 이러한 태도는 타인은 물론 사물/대상과의 관계에서도 동일하게 나타난다.

비를 피해 우린 고래 등 위에 서 있었다
그가 항상 고래 등 같은 집을 꿈꾸었기에
고래 등 위에 서는 건 조금도 이상하지 않았다

긴 벤치같이 누운 고래 등
손수건만한 차양으로는 옷이 홀딱 젖는 고래 등
고래 등 같은 집이라는 말은 처음부터 추웠다
한 겹의 뽀얀 스크린으로 호수가 멀어지고 숲이 나뉘었다
나는 고래 등 때문에 갈라지고 싶지 않았기에
자주 발꿈치를 들어 그에게 키를 맞췄다
비가 그치기를 기다릴 동안 옛 시간을 퍼즐처럼 쪼갰지만
서로가 붙잡고 있는 조각은 달랐다
목소리가 그의 등을 콩콩 울리며 내 쇄골을 흔들 때까지
호수 건너편은 흐려 있었고 수면은 더욱 뿌예졌다
바람이 호수를 마분지처럼 휘었다가
물결로 구겨서 풀어낼 때
고래 등에도 마루 같은 골이 패였다
우리는 한곳을 바라보고 있었지만
따뜻한 방을 생각하는 방식은 서로 달랐다
서로의 등이 휘어지는 고래 위에서
퉁퉁 불어가는 벤치의 나뭇결이
고래울음으로 우는 소리만 듣고 있었다

—「백우(白雨)」 전문

백우(白雨)는 소나기를 뜻한다. 소나기가 내리는 어느 날,

'우리'는 갑자기 내리는 비를 피하기 위해 "고래 등" 위에 선다. 맥락 없이 등장한 '고래'라는 시어 탓에 당혹스러울 수도 있으나, 여기에서 '고래'는 낮은 산의 모양이나 그것이 강 또는 바다에 비친 형태를 표현한 것으로 짐작된다. 실제로 잔잔한 물에 비친 산등성이의 모습을 멀리서 보면 '고래'를 닮았다. 화자는 이 시각적 장면에서 출발하여 "고래 등 같은 집"이라는 표현에 이르렀다. 그런데 이 시의 핵심은 이러한 표현의 이질성이 아니라 '우리'라는 주체, 즉 '나'와 '그'의 관계에서 찾아야 한다. "비가 그치기를 기다릴 동안 옛 시간을 퍼즐처럼 쪼갰지만/ 서로가 붙잡고 있는 조각은 달랐다"라는 진술에서 확인되듯이 과거-시간에 대한 '우리'의 기억은 일치하지 않는다. "우리는 한곳을 바라보고 있었지만/ 따뜻한 방을 생각하는 방식은 서로 달랐다"라는 진술은 이 불일치에 대한 재확인이다. 중요한 것은 시인이 이러한 불일치 자체를 그대로 긍정한다는 점, 그러니까 거짓 일치를 통해 승화시키거나 불일치를 확대하여 그로테스크한 장면을 연출하지 않는다는 사실이다. 불일치에 대한 이러한 긍정은 시집 곳곳에서 목격된다. 가령 「두 뼘」에서는 "나와 당신의 두 뼘 키" 사이에서 '바람'이 만들어진다. 「눕듯이 서듯이 자작자작」에서는 '나'는 모서리를 숨겨온 자작나무 잎들이 산을 둥글게 만들어 "산의 광기와 골짜기의 맹렬을 다 덮었다"라고 생각했으나 잠시 후 "당신의 그림자가 자주 턱턱 걸"리는 장면이 등장한다. 손쉬운 화해보다는 차이를 긍정하는 것, 그러면서도 상대에 대한 관심을 거두지 않고 '차이'를 시적 사유의 중심에 놓는 태도는 천수호 시의 특징적인 면이다. 「눕듯이 서듯이 자작자작」에서 '나'와 '당신'의 불일치는 '당신'이 "하얀 자작 길에 취해 앞서 걸어가"는 장면으로 가시화되는데, 결국 '당신'과의 관계는 "앞서가는 당신 뒷등이 바람에 불룩 부풀어서/ 당신의 냉증은 그대로 내 몸속의 꽈리가 된다"라는 진술처럼 '당신'이 '나'의 신체에 각인되는 방식으로 이어진다.

설산에서 한 여자와 다퉜다
나는 새의 말을 하고 여자는 눈(雪)의 말을 했다
지저귀는 일이 내 일상이었으므로 여자의 설산에서
부리를 다물 수는 없었다
계속 딱 딱 소리가 나는 내 부리를 희디흰 눈으로 막았으나
부리는 눈을 뚫고 또 튀어나왔다
여자는 그건 노래도 못 되는 변명이라 했고
나는 부리를 가져서 억울하다 했다
내 목소리는 원래 목의 것이라 우겨도
여자는 부리의 농간이라고 했다
목도 부리도 뽑아 던져버리면
나도 흰 눈을 토할 수도 있겠다고 생각했지만
오래전부터 내 것인 부리로

눈을 토하는 것은 포기했다
그 여자의 눈빛은 여든 가지로 표현되었다
에스키모의 말은 원래 그렇다고 했다
내가 그 여자를 하얗다고 말하는 것에도
여든 가지의 다른 말들이 짹짹이며 일어났다
나는 몇 가지의 형용사만 발음했지만
여자는 에스키모인의 화법으로 눈을 읽었다
눈이 눈의 말로 빛나는 동안 나는
온난화라는 따뜻한 말로 새의 말을 숨기진 못했다
화해가 힘든 뜨거운 부리였다

—「해빙—에스키모인의 화법으로」 전문

타자적 존재의 타자성을 훼손하지 않는 특유의 태도는 「사구(砂丘)에서 시작된 이야기」에서 '거리'라는 시어로 제시된다. 이 시의 화자는 해변에 "진짜 펭귄" 두 마리가 나타나는 화면을 보고 있다. 곧이어 화자는 마주보고 선 두 마리 펭귄의 관계에 대해 "어미와 딸인가/ 지어미와 지아비인가"처럼 관심을 갖는다. 그런데 이 대목에서 시인은 "관계를 알 수 없는 먼 거리/ 이야기를 만들기에 적당한 거리/ 신화를 꾸미기엔 더없이 환상적인 거리"처럼 '거리'의 문제를 삽입한다. 이때의 '거리'는 화면 속의 펭귄과 화면 밖의 화자 사이에 존재하는 거리를 가리킨다. 타인에 관해 이야기할 때 이러한 '거리'는 오해와 왜곡의 원인이 되기도 하고, 또 때로는 '신화'

나 '환상'을 만들기에 유리한 지점이 되기도 한다. 요컨대 누군가는 동일한 장면을 보면서 무심코 '해변에 펭귄 부부가 나타났다'고 발화했을 법하다. 이러한 진술에서 '부부'라는 규정은 전적으로 대상에 대한 주체의 폭력적인 명명, 이른바 '신화'가 작동하는 순간이라고 말할 수 있다. 반면 화자는 확정적으로 진술하려 하지 않는다. 아니, 확정적으로 말하기는커녕 화면을 되돌려서 본 다음에는 "멀리 해변에 펭귄 비슷한 것이 뒤뚱거린다/ 두 마리인지 두 사람인지 알 수 없다/ 헤매는 건지 노니는 건지도 불분명하다"처럼 시간이 지나면서 최초의 발화마저 무효화한다.

'대상'을 규정하려는 의지를 중단함으로써 타자의 타자성을 긍정하는 것이 「사구(砂丘)에서 시작된 이야기」의 방식이라면, '나'와 '여자'의 말(언어)의 차이를 통해 화해의 불가능성을 그대로 노출하는 것이 「해빙」의 방식이다. 이 시에는 두 사람이 등장하고, 그들의 언어는 근본적으로 서로 달라서 소통되지 않는다. 시인은 이 상황을 "설산에서 한 여자와 다퉜다"라고 진술하고 있다. 여기에서 '여자'가 설산(雪山)을 의인화한 것인지 실제 에스키모인인지는 본질적인 것이 아니다. 중요한 것은 낯선 것, 즉 타자적인 것과 대면하고 있는 상황 자체이다. '나'는 "새의 말"을 하고, '여자'는 "눈(雪)의 말"을 한다. "새의 말"은 부리를 이용하여 지저귀는 것이고, "눈(雪)의 말"은 만물을 "희디흰 눈으로" 뒤덮는 것이다. '소리'의 언어와 '눈빛'의 언어의 차이일까? "오래

전부터 내 것인 부리로/ 눈을 토하는 것"을 포기한 '나'의 말과 달리 "그 여자의 눈빛은 여든 가지로 표현"된다. 저 '여든 가지'는 에스키모인의 언어에 존재하는 '눈(雪)'을 표현하는 단어에서 왔을 것이다. 그렇다면 "눈이 눈의 말로 빛나는 동안 나는/ 온난화라는 따뜻한 말로 새의 말을 숨기진 못했다"라는 진술을 어떻게 이해하면 좋을까? '새'와 '눈(雪)'의 차이는 실상 '인간'과 '자연'의 차이, 혹은 상징적 질서를 통해 '의미'로 귀결되는 일상적 언어의 경계를 뛰어넘어 다양한 정서와 느낌을 표현할 수 있는 언어에 도달하고자 하는 시인의 열망, 그것의 좌절을 표현한 것으로 읽을 수 있을 듯하다. 언어의 한계, 한계로서의 언어에 대한 이 자의식은 "새의 말"이 담을 수 없는 타자적 대상 앞에서 멈출 수밖에 없지만, 그 한계에 대한 사유야말로 대상에 대한 폭력적 규정에서 벗어나는 한 가지 방식일지도 모른다. 누군가는 이 한계에 대한 사유를 가리켜 "시는 이름을 폐기한다"(서동욱)라고 썼다.

천수호 1964년 경북 경산에서 태어났다. 명지대학교 대학원에서 문예창작을 전공해 박사학위를 받았다. 2003년 조선일보 신춘문예로 등단했다. 시집으로 『아주 붉은 현기증』 『우울은 허밍』이 있다.

문학동네시인선 149
수건은 젖고 댄서는 마른다

초판 인쇄 2020년 11월 11일
초판 발행 2020년 11월 16일

지은이 | 천수호
펴낸이 | 염현숙
책임편집 | 김영수
편집 | 이재현 강윤정
디자인 | 수류산방(樹流山房) 본문 디자인 | 유현아
마케팅 | 정민호 박보람 우상욱 안남영
홍보 | 김희숙 김상만 지문희 김현지
제작 | 강신은 김동욱 임현식
제작처 | 영신사

펴낸곳 | (주)문학동네
출판등록 | 1993년 10월 22일 제406-2003-000045호
주소 | 10881 경기도 파주시 회동길 210
전자우편 | editor@munhak.com
대표전화 | 031) 955-8888 팩스 | 031) 955-8855
문의전화 | 031) 955-3576(마케팅), 031) 955-2679(편집)
문학동네카페 | http://cafe.naver.com/mhdn
북클럽문학동네 | http://bookclubmunhak.com

ISBN 978-89-546-7565-9 03810

* 이 책은 2017년 서울문화재단 예술창작지원사업의 지원을 받았습니다.

* 이 도서의 국립중앙도서관 출판예정도서목록(CIP)은 서지정보유통지원시스템 홈페이지(http://seoji.nl.go.kr)와 국가자료종합목록 구축시스템(http://kolis-net.nl.go.kr)에서 이용하실 수 있습니다.(CIP 제어번호 : CIP2020046356)

잘못된 책은 구입하신 서점에서 교환해드립니다.
기타 교환 문의: 031) 955-2661, 3580

www.munhak.com

문학동네